윤태영의 좋은 문장론

잘 고친 한 문장이 마음을 움직입니다

윤태영의 좋은 문장론

윤태영 지음

위즈덤하우스

잘 쓰기보다
잘 고쳐야 좋은 글이다

세상에는 글을 잘 쓰는 사람들이 많다. 당장 서점에만 가도 주옥 같은 소설과 수필을 쉽게 만날 수 있다. 비행기나 KTX에서 접하게 되는 잡지의 글도 예사롭지 않다. 요즘은 페이스북과 같은 SNS에서도 주변 사람들이 쓴 훌륭한 글들을 수시로 만난다. 글을 잘 써서 그들과 경쟁하기란 쉬운 일이 아닌 듯싶다.

쓰고 쓰고 또 쓴다면 그 사람들만큼 쓰지 못할 일도 아니다. 말처럼 글도 자꾸 쓰다 보면 발전할 수밖에 없다. 노하우가 생기고 감각이 발달하기 마련이다. 하지만 대부분의 경우 안타깝게도 글쓰기에만 전념할 수 있는 시간이 절대적으로 부족하다.

그런 상황에서 문장을 잘 써서 일류 작가가 되기란 아무래도 쉬운 일이 아닐 것이다. 전업 작가들조차도 경쟁이 치열하다. 그렇다고 글쓰기를 아예 포기할 수도 없는 세상이다. 글을 잘 쓰면 무척 좋겠지만 그 경지에 올라서기는 힘들고, 그렇다고 해서 이대로 남아 있자니 갑갑하다.

글을 잘 쓰지 못하면 어떤 이에게 세상은 불편하다. 한 글자 쓰지 않아도 그럭저럭 살아갈 것으로 생각했는데 전혀 그렇지 않다. 몇 자라도 써야 하는 일이 자꾸 생긴다. SNS로 소통하는 시대가 열리면서부터는 더욱 그렇다. 솜씨를 뽐낼 수준은 아니지만 글을 쓰지 못해 소통하지 못한다면 그 상황은 누구에게나 달갑지 않다.

그런 분들을 위해 이 책을 썼다. 걸출한 작가를 지향하기보다는 평균 수준의 글 실력을 갖추고 싶은 분들을 위한 책이다. 다시 말하면 글쓰기 강자로 가는 길이 아니라 글쓰기 평균으로 가는 길을 열기 위한 책이다. 평균 수준의 글쓰기가 가능하다면 일단 무엇이든 할 수 있다. 승부는 어차피 콘텐츠에서 갈리기 마련이다.

이 책은 글쓰기 중에서도 특히 '고치기'를 집중적으로 탐구한다. 나는 언제나 글 고치기에 집중하는 편이다. 초고를 쓰는 데 하루가 걸렸다면 고치는 데는 최소한 사나흘의 공을 들인다. 문장을 거의 새로 쓴다고 봐야 한다. 그렇게 고치기를 거듭하는 과정에서 초고의 흔적이 완벽하게 사라지기도 한다. 좋은 글은 잘 쓰기보다 잘 고칠 때 탄생한다.

《윤태영의 글쓰기 노트》를 출간한 지 햇수로 5년이 되었다. 그동안 책도 여러 권 출간했고 강연도 제법 다녔다. 그 과정에서 새롭게 배운 노하우와 사례들을 소개하려고 했다. 말하자면 그 내용들을 체계적으로 정리한 것이다. 다만 군데군데의 작은 사례나 지침은 어쩔 수 없이 《윤태영의 글쓰기 노트》와 유사한 대목도 있다. 어쨌든 이 책에서는 예시를 풍부하게 담기 위해 최대한 노력했다. 노하우에 대한 설명도 있지만 이렇게 고치면 좋겠다는 사례를 구체적으로 제시했다. 그동안 정치권에서 또는 노무현 대통령을 보좌하는 시절에 썼던 글들도 다양하게 사례로 제시했다. 물론 이 책을 위해 새롭게 창작한 글도 꽤 있다. 글 고치기 역시 이론보다는 연습이다. 다양한 사례를 참고삼아 글을 고치고 또 고치다 보면 자신도 모르는 사이에 필력이 비약적으로 발전하고 있음을 느끼게 될 것이다.

글을 고치는 사람에게는 워드프로세서가 어마어마한 혁명이다. 원고지에 수정부호를 그려가며 고치던 수고를 돌아보면 실감하게 된다. 세상은 훨씬 더 좋은 글을 쓰고 고칠 수 있는 환경으로 계속 바뀌고 있다. 창의와 끈기만 있다면, 누구나 좋은 글을 쓸 수 있는 시대다.

책을 펴내기까지 많은 분들이 도움을 주셨다. 우선 다양한 글이 사례로 인용되었다. 그 글을 쓰신 분들에게 이렇게 지면을 통해 감사하다는 인사를 드린다. 모범적인 사례도 있고 부족한 사례도 있다. 어느 쪽이든 더 많은 사람들이 더 좋은 글을 써서 더 원활하게 소통하게 되기를 바라는 마음으로 양해해주실 것을 청한다.

출판사의 도움도 컸다. 위즈덤하우스의 박경순 편집장님과 박지혜 과장님께 각별히 감사를 드린다. 20퍼센트 부족한 글이 이분들의 도움으로 비로소 완전체가 되었다. 아무쪼록 큰 욕심 없이 글쓰기를 배우려는 분들에게 작은 도움이 되었으면 하는 바람뿐이다.

2019년 4월

차례

제1부   좋은 문장은 다듬을 때 완성된다

제1장   좋지 않은 문장, 버려야 할 습관들

제2장   좋은 문장은 어떻게 쓰고 고치나?

제1부

좋은 문장은
다듬을 때 완성된다

좋지 않은 문장,
버려야 할 습관들

　30년 동안 정치권에 몸을 담고 글을 써왔다. 글쓰기가 주 특기인 셈이었다. 잠시 정치권을 떠나 있는 시간도 있었다. 그럴 때는 출판사 편집장으로 일하거나 일종의 프리랜서로 정치광고 카피를 쓰곤 했다. 이래저래 글쓰기가 업이었다. 그렇게 오랫동안 글을 써왔으니 이제 숙련된 경지에 올라섰을 법한데, 여전히 글쓰기는 쉽지 않은 난제이다.

　살아온 세월과 그동안 겪었던 경험 탓일까? 쓸거리는 많은 편이다. 그래도 막상 글을 쓰려고 컴퓨터 모니터 앞에 앉으면 시작하는 대목부터 머리가 하얘지는 경우가 비일비재하다. 겨우 첫 문장을 생각해내고 자판을 두드리기 시작한다. 표현이 생각보다 앞설 때도 있고, 이야깃거리는 떠오르지만 문장이 제대로 구성되지 않는 경우도 있다. 그래도 초고를 완성해야 한다는 사명감으로 꾸역꾸역 쓰다 보면 끝이 보이기 시작한다. 일단 마무리하고 나서 잠시 여유를 가진 후 다시금 찬찬히 원고를 들여다본다. 바야흐로 문제가 보이기 시작한다.

초고에는 언제나 좋지 않은 문장이 가득하다. 무심코 되풀이되는 잘못된 습관도 그대로이다. 우선 콘텐츠에 집중하다 보니 때로는 비문도 등장한다. 글쓰기를 강연할 때마다 스스로 강조하던 지침을 어긴 경우도 적지 않다. 문제투성이 원고다. 그래도 그것이 시작이다. 자신의 글에서 좋지 않은 문장과 버려야 할 습관을 찾아낼 수 있다면 좋은 글쓰기의 절반은 이미 달성한 셈이기 때문이다.

자꾸 봐야 하는 문장은 좋은 문장이 아니다

집에서 외출하는 길, 엘리베이터에 붙은 공고문을 접한다. 관리사무소에서 붙여놓은 글이다.

베란다 및 계단에서 담배 피우는 일이 빈번히 발생하여 다른 세대에서 담배 연기로 인하여 많은 피해를 보고 있사오니 베란다 및 계단에서는 금연 및 담배꽁초를 밖에다 버리지 마시기 바랍니다.

무엇을 말하려는 것인지 이해하지 못할 사람은 거의 없다. '아파트 안에서는 담배를 피우지 마시라.'는 뜻이다. '있사오니'라는 표현을 읽을 때는 정중하다는 느낌까지 받는다. 글을 읽은 사람이라면 누구나 '아, 조심해야겠구나!'라고 생각하게 되지 않을까?

14

글이란 어차피 말처럼 생각을 전달하기 위한 수단이다. 뜻이 정확하게 전달되었으면 그 글은 나름의 역할을 다한 셈이다. 다소 비문(非文)이 있더라도, 조금 어색한 대목이 있더라도, 약간 엉뚱한 표현이 있더라도 큰 문제는 없지 않겠는가? 뜻만 정확하게 전달된다면 그것으로 충분한 게 아닐까?

나도 한때는 그렇게 생각했다. 출판사에서 편집장으로 일하던 시절, 제법 글을 많이 고치는 편이었다. 원고를 검토할 때마다 빨간색 펜을 들었다. 저자의 기분이 상할 만큼 빨간색으로 도배질하기도 했다. 정치권에서도 다르지 않았다. 후배들이 써온 글을 많이 고쳤다. 컴퓨터 워드프로세서가 상용화된 이후로는 굳이 빨간 펜을 들 필요가 없었다. 꽤나 애지중지하던 플러스 펜들이 서랍 속에서 잉크가 말라가는 신세가 되었다. 워드프로세서는 글쓰기의 혁명이었다. 아니 정확히 말하면 '글쓰기'보다는 '글 고치기'의 혁명이었다. 워드프로세서를 활용하면 저자의 시선을 크게 의식하지 않으면서 글을 맘껏 고칠 수 있었다. 일단 빨간색 교정부호들이 주는 부담감이 덜했다. 교정지가 너저분해질 염려도 없었다. 무엇보다 한 문장을 수십 번에 걸쳐 고치는 일이 가능했다.

수년 전의 일이다. 어쭙잖게 책 두어 권을 쓴 탓에 어디 가면 '작가'라는 소리를 심심치 않게 듣기 시작하던 시절이다. 책 한 권 분량의 원고를 완성하여 출판사에 넘겼다. 예정한 출간일이 임박해 있어 시간 여유가 없는 형편이었다. 교정교열을 보는 데 열흘 정도의 시간이 필요하다고 출판사가 알려주었다. '뭐 그렇게까지 걸릴까? 명색이 작가인데 그렇게 고칠 대목이 많을까? 원고상태를 아직 못 봐서 그런 거겠지.' 이렇게 생각했다. 교정 작업은 실제로 예상보다 더디게 진행됐다. 며칠 후에야 비로소 교정지 일부를 받아볼 수 있었다. 나는 깜짝 놀랐다. 교정지에 빨간 펜의 흔적이 수두룩했다. 위아래 여백에는 교정부호가 가득했다. 무척 당황스러웠다. 마음을 다잡고 교정된 문장을 하나하나 뜯어보기 시작했다. 처음 내가 쓴 문장과의 차이를 꼼꼼히 살펴보았다. 페이지가 넘어갈수록 고개를 끄덕이는 횟수가 점점 늘어났다. 검토가 끝날 무렵, 출판사 측이 교정한 내용 대부분에 나는 동의할 수밖에 없었다. 그렇게 고쳐놓고 보니 글의 의미가 더욱 명확하고 또렷해지는 것이 사실이었다.

이야기가 너무 딴 곳으로 나갔다. 본론으로 돌아가자. 출판사 편집장으로 일하던 시절 나는 무엇을 위해 남의 글에 그렇게까지 손을 대었던 것일까? 수년 전 그 출판사는 무엇 때문에 내 원고를 그렇게 고치고 또 고쳤을까? 애써 수정하지 않아도 뜻을 전달하는 데에는 하등 문제가 없었는데 말이다.

'뜻만 전달되면 오케이!' 사실 이 말에 함정이 숨어 있다. 그렇지 않다는 뜻이다. 잘못 쓴 글은 무엇보다 자원의 낭비다. 그 대부분은 제대로 쓴 글에 비해 품이 많이 들어가 있다. 한 번만 하면 되는 이야기를 두세 번 하는 경우도 적지 않다. 잔소리가 많으면 오히려 역효과가 나는 법이다. 짧고 굵게 전할 수 있는 이야기를 길고 가늘게 하다 보면, 쓰고 읽는 사람 모두 필요 이상의 수고를 들여야 한다.

예를 들면 이런 글이 있다고 하자.

나는 학교에 갔다. 선생님한테 배웠다. 집에 와서 복습했다.

이 글을 장황하게 쓰면 다음과 같이 바꿀 수 있다.

나는 내가 다니는 학교에 갔다. 그곳에서 우리 선생님이 가르치는 것을 배웠다. 그리고는 집에 돌아온 후 복습을 하면서 선생님의 가르침을 다시 공부했다.

나도 같은 이야기를 되풀이하자면, 이것은 자원의 낭비임이 분명하다. 한 줄로 충분히 소화할 수 있는 글을 서너 줄이나 쓴다면 효율적인 전달이 될 수 없다. 음식을 전자레인지로 조리할 때 2분만 돌리면 되는데 무려 4분 동안 데운 것이나 마찬가지다. 글은 뜻만 전달된다고 해서 오케이가 아니다. 반드시 효율적으로 전달해야 한다. 낭비 없이.

그렇다면 '군더더기 없이 뜻을 효율적으로 전달하면 오케이'일까?

그럴 수도 있겠다. 일단 군더더기가 없다면 가능성이 상당히 높다고 봐야 한다. 그런데 효율적으로 전달하려고 애를 쓰는 과정에서 글을 지나치게 압축하는 경우도 있다. 글이란 때로는 독자의 상상에 맡겨야 할 대목이 있기는 하다. 미주알고주알 설명한다고 해서 좋은 글이 되는 것은 물론 아니다. 아무튼 글을 압축하여 효율적으로 전달하려고 할 때면 명심해야 할 게 하나 더 있다. 반드시 쉬워야 한다는 점이다. 군더더기 없이 간결하긴 하지만, 읽는 사람이 쉽게 이해하지 못한다면 높은 점수를 주기는 어렵다. 선뜻 이해하지 못할 정도로 문장이 어려워 정신을 고도로 집중해서 여러 번 읽어야 한다면, 이 또한 다른 차원에서 자원의 낭비다. 효율적인 전달이 아니다.

　작업 중 통화는 집중력 저하 초래와 사고 가능성 증대를 결과한다.

　여러 번 읽어보면 무슨 뜻인지 이해할 수 있기는 하다. 그러나 한 번 읽었을 때 뜻이 얼른 전달되지 않는다면 좋은 글로는 볼 수 없다. 집중력의 낭비다.

　일할 때 통화하면 집중력이 저하된다. 사고가 날 가능성도 높다.

　이 정도로 풀어쓰기만 해도 전달력이 훨씬 높아진다.

글머리에서 본 사례로 돌아가자. 그 글을 다시 인용한다.

고치기 전

베란다 및 계단에서 담배 피우는 일이 빈번히 발생하여 다른 세대에서 담배 연기로 인하여 많은 피해를 보고 있사오니 베란다 및 계단에서는 금연 및 담배꽁초를 밖에다 버리지 마시기 바랍니다.

'금연 및 담배꽁초를 밖에다 버리지 마시기 바랍니다.'는 누가 봐도 비문이다. 제대로 된 문장이 아니다. 이것까지 포함해서 효율적이고 이해하기 쉬운 글로 고쳐보자.

고친 후

베란다와 계단에서 담배를 피우는 분들이 많습니다. 연기 때문에 다른 세대가 피해를 봅니다. 베란다와 계단에서는 금연해주시고 꽁초는 바깥에 버리지 마십시오.

이 정도면 어떨까? 비교하면 드러나지만 사물보다는 사람을 주어로 써야 더 이해하기 쉬운 글이 된다. 반대로 사물을 주어로 쓰면 문장이 어려워진다. 추상명사가 주어가 되면 더욱 이해하기 어려운 글이 된다.

다음과 같은 안내문도 있다.

> 최근 늦은 저녁 시간이나 밤늦은 시간에 쿵쾅 거리며 걷는 소
> 리, 큰 소리로 떠드는 소리, 음악 소리, 아이들 뛰는 소리, 문을
> 세게 닫는 소리, 운동기구, 애완견 소음 등으로 인해 주변 세대
> 에서 많은 고통을 호소하고 있습니다.

공동주택에서 이웃 간 갈등의 요인이 되는 층간소음 문제다. 안내
문 전체의 취지는 이런 소음을 조심해달라는 것이다. 이웃을 불편하
게 할 만한 소리의 사례를 차례로 열거하고 있다. 모두 일곱 가지다.
그러면 '소리'나 '소음'이라는 표현이 일곱 번 나오면 맞다. 실제로 세
어 보면 정확히 일곱 번이다. 그런데 조금만 더 자세히 살펴보면 이
상한 대목을 발견하게 된다. 두 번째 사례인 '큰 소리로 떠드는 소리'
의 경우 '소리'라는 표현이 두 번이나 등장한다. 둘 가운데 하나는 당
연히 불필요한 반복이다. 그냥 '크게 떠드는 소리'로 쓰면 된다. '큰 소
리로 떠드는 소리'라니…. 아무래도 이것은 아니다.

우리 동네의 전철역 앞으로는 6차선 도로가 지난다. 출근 시간이
면 전철을 놓칠까 봐 사람들이 무단횡단을 하기 일쑤다. 단속하는 데
에도 한계가 있었는지 당국에서 경고용 현수막을 크게 걸어놓았다.
한쪽 귀퉁이에는 저승사자의 모습도 그려 넣었는데, 다음과 같은 경
고문구가 이어진다.

무단횡단, 저승길로 가는 지름길입니다.

무단으로 길을 건너다가 사고를 당하면 지름길을 따라 저승길로
간다는 뜻이다. 낱말 그대로의 뜻으로 본다면 아마 '저승'으로 직접
가는 것은 아닌 듯싶다. 1단계로 저승길로 간 다음, 거기서 다시 2단
계로 저승을 향하는 구조를 갖고 있는 것이다.

부산으로 가는 길로 통하는 지름길을 찾았다.

이와 같은 구조인 셈이다. 이렇게 쓸 필요가 전혀 없지 않을까? 무
단횡단하면 '저승으로 곧바로 간다.'고 경고해야 옳다. 부산에 빨리
가려면 그곳으로 곧장 통하는 '지름길'을 찾아야 한다. '바늘도둑이
소도둑 된다.'고 한다. 쓸데없는 표현을 자꾸 되풀이하면, 글 전체도
불필요한 이야기로 가득 채워진다.

다시 층간소음 안내문이다. 다음은 '음악'. 이 낱말은 기본적으로
'소리'라는 뜻을 포함하고 있다. 흔히 '음악을 듣는다.'고 한다. '음악
소리를 듣는다.'고는 말하지 않는다. '역전 앞'만큼 잘못된 것은 아니
지만 불필요한 중복의 우려가 있다. 다음은 '운동기구'. 여기에는 '소
리'라는 표현이 붙어 있지 않다. 왜 생략했을까? 운동기구는 그 자체
로 소리를 내지는 않는다. 따라서 일관성을 생각한다면 운동기구 뒤
에 소리를 붙여주는 것이 좋겠다. 그럼 이런 기준에 따라 다시 정리

해보자.

최근 늦은 저녁 시간이나 밤늦은 시간에 여러 가지 소음 때문에 주변 세대가 많은 고통을 호소하고 있습니다. 쿵쾅 거리며 걷는 소리, 크게 떠드는 소리, 음악, 아이들 뛰는 소리, 세게 문을 닫는 소리, 운동기구 소리, 애완견 소음 등입니다.

일단 일관성 있게 정리가 된 듯이 보인다. 그런데 문장의 첫머리를 자세히 보니 '늦은 저녁 시간'에 이어 '밤늦은 시간'도 등장한다. '시간'은 꼭 이렇게 두 번 써야 하는 것일까? 여기서 잠깐 수학의 인수분해를 생각해보자.

ab+ac라는 수식이 있으면 이것을 어떻게 정리할까? a라는 공통인수를 밖으로 뽑아내어 정리한다. 가장 기초적인 인수분해다. 즉 ab+ac=a(b+c)로 정리하는 것이다. 이 문장에서는 우선 '시간'이 공통인수가 된다. 정리해보자.

최근 늦은 저녁 또는 밤늦은 시간에

이렇게 정리해놓고 보니 또 하나의 공통인수가 눈에 띈다. '늦은'이다. 이것도 꼭 두 번 되풀이해서 써야 하는 것일까? 생각해보자.

22

'늦은 저녁'과 '밤늦은'은 도대체 몇 시부터 몇 시까지를 가리키는 것일까? 문맥 전체를 놓고 보면 '늦은 저녁으로부터 밤까지'로 해석된다. 그렇다면 '밤늦은'의 '늦은'은 생략해도 무방한 표현이 아닐까? 이렇게 정리해보자.

> 최근 늦은 저녁이나 밤중에 여러 가지 소음 때문에 주변 세대가 많은 고통을 호소하고 있습니다.

이렇게 정리하면 '시간'이라는 표현은 굳이 쓸 필요가 없다. 생략해야 오히려 깔끔한 문장이 된다. 이제 뒤의 문장을 이어주기만 하면 된다. 그런데 이제는 이어지는 문장에서 '소리'라는 표현이 계속 되풀이되는 것이 눈에 거슬린다. 마땅한 해결책이 없을까? 일단 '소리'라는 표현을 최소화해보자.

> 쿵쾅쿵쾅 걷거나 크게 떠들 때, 세게 문을 닫거나 아이들이 뛸 때, 애완견이 짖거나 운동기구를 사용할 때, 음악을 즐길 때에도 소음이 발생합니다.

'때'라는 표현이 불가피하게 반복되고 있기는 하다. 그래도 '소리'를 하나하나 예시했을 때보다는 조금 정리된 느낌이다. 그렇다면 이 문장에서 '때'라는 표현까지 줄이는 방법은 과연 없는 것일까? 각자 한번 연구해보자.

거듭 이야기하지만 군더더기가 없어야 가장 좋은 글이다. 효율적
이기도 하지만 이해하기도 쉽기 때문이다. 군더더기가 없는 글을 쓰
기 위해서는 가장 먼저 똑같은 낱말을 되풀이하지 않도록 신경 써야
한다. 적어도 한 문장에서는 아주 불가피한 경우를 제외하고는 같은
낱말을 반복하지 말자. 이것을 철칙으로 생각하고 자신만의 문장을
만들거나 고쳐보자. 이것이 시작이다.

소개할 사례가 한 가지 더 있다. 이 글도 어느 아파트의 엘리베이
터에 붙은 안내문이다. 아파트 단지 내에서 주차할 때 주의해달라는
당부를 담은 글이다. 그 가운데 한 대목을 여기에 인용한다.

> 3. 지하주차장 이용 및 이중주차시 주의해주시기 바랍니다.
> 주차공간이 많이 부족하지만 늦게 귀가하는 차량의 주차편의
> 를 위해 가급적 지하주차장을 이용해주시기 바라며, 주차자리
> 가 있는데도 이중주차를 하는 세대로 인한 민원이 발생하고 있
> 으니 주차자리에 먼저 주차해주시기 바랍니다.

참고로 이 글 전체의 큰제목은 '주차질서를 지켜주세요.'이다. 즉
인용한 대목이 주차질서에 관한 안내라는 것은 누가 봐도 알 수 있
다. 그런데 놀랍게도 이 몇 줄의 문장에는 '주차'라는 낱말이 셀 수 없

이 등장한다. 과격하게 말하면 모두 없어도 좋은 것들이다. 불필요한 반복이자 자원의 낭비다. '주차'라는 표현을 한번 없애보자.

고치기 전

3. 지하주차장을 이용하거나 이중주차를 할 때 주의해주시기 바랍니다.

~~주차~~ 공간이 많이 부족하지만 늦게 귀가하는 차량의 ~~주차~~ 편의를 위해 가급적 지하 ~~주차~~ 장을 이용해주시기 바라며, ~~주차~~ 자리가 있는데도 이중주차를 하는 세대로 인한 민원이 발생하고 있으니 주차자리에 먼저 ~~주차~~(활용)해주시기 바랍니다.

기왕에 고치는 것이니 문장의 다른 표현들도 다듬어보기로 한다.

고친 후

3. 지하주차장을 이용하거나 이중주차를 할 때 주의해주시기 바랍니다.

전체적으로 공간이 많이 부족합니다. 그래도 늦게 귀가하는 차량을 위해 가급적 지하를 먼저 이용해주시기 바랍니다. 빈자리가 있는데도 이중주차를 하는 세대 때문에 민원이 발생하고 있습니다. 빈자리를 먼저 활용해주시기 바랍니다.

동일한 낱말의 반복은 아니지만 비슷한 뉘앙스가 계속되다 보니 뜻이 비효율적으로 전달되는 경우도 있다. 예를 들면 이런 문장이다.

우리가 지향하는 궁극적인 목표는…

얼핏 보면 별개의 의미를 지닌 낱말들로 문장이 이루어진 것 같다. 그런데 자세히 들여다보면 그렇지도 않다. '지향', '궁극', '목표'는 그 뜻과 이미지가 상당히 유사하다. 이렇게 비슷한 뉘앙스의 낱말이 되풀이되는 것 역시 낭비다. 그냥 '우리의 목표는'이라고 하면 어떨까?

마침표는 한 번만 찍어야 한다는
'한 문장 콤플렉스'

1981년, 대학교 3학년 때의 일이다. 교내에 반정부유인물을 살포한 사건으로 구속되어 서대문구치소에 수감되었다. 며칠 후 기소가 되자, 12사동 상층 7번 방으로 전방(轉房)되었다. 다시 며칠이 지나자 공소장이 배달되었다. 사건이 매우 단순해서 맨 앞쪽에 기재된 공소문도 그다지 길지 않았다. 공소장을 읽어보니 눈에 띄는 낱말이 하나 있었다.

일자불상경(日字不詳頃).

경찰이나 검찰에서 수사 받는 동안 한 번도 접해보지 못한 낱말이었다. 생소했지만 앞뒤 문맥을 살피며 미루어 짐작해보니 뜻을 알 수 있었다. '정확하지 않은 과거의 어느 날'이라는 뜻이었다. 때로는 '2001. 1.경부터 같은 해 3.경 사이 일자불상경'과 같이 쓰이는 경우도 있었다. 나를 더욱 생소하게 만든 것은 정작 다른 데 있었다. 공소문은 가장 압축적으로 쓰인 것으로 보였는데 예닐곱 줄의 문장으로 기억된다. 비교적 긴 문장이었는데 마침표가 마지막에 가서 단 한 번만 찍혀 있었다. 긴 문장을 한 호흡으로 쓴 것이었다. 그로부터 4개월에 걸쳐 원심과 항소심을 치르는 과정에서 나는 이런 방식의 문장을 수도 없이 접했다. 법조 분야에서 흔하게 통용되는 문장이었다. 공소장도 그러했고 판결문도 마찬가지였다. 한 번 문장이 시작되면 도무지 끝날 줄을 몰랐다. 왜 이렇게 길게 쓰는 것일까?

대법원 2005. 7. 21. 선고, 2002다1178 전원합의체 판결(종회회원확인) 중 일부

⑶ 종중 구성원에 관한 종래 관습법의 효력

앞에서 본 바와 같이 종원의 자격을 성년 남자로만 제한하고 여성에게는 종원의 자격을 부여하지 않는 종래 관습에 대하여 우리 사회 구성원들이 가지고 있던 법적 확신은 상당 부분 흔들리거나 약화되어 있고, 무엇보다도 헌법을 최상위 규범으로 하는 우리의 전체 법질서는 개인의 존엄과 양성의 평등을 기초로 한 가족생활을 보장하고, 가족 내의 실질적인 권리와 의무에 있어서 남녀의 차별을 두지 아니하며, 정치·경제·사회·문화 등 모든 영역에서 여성에 대한 차별을 철폐하고 남녀평등을 실현하는 방향으로 변화되어 왔으며, 앞으로도 이러한 남녀평등의 원칙은 더욱 강화될 것인 바, 종중은 공동선조의 분묘수호와 봉제사 및 종원 상호간의 친목을 목적으로 형성되는 종족단체로서 공동선조의 사망과 동시에 그 후손에 의하여 자연발생적으로 성립하는 것임에도, 공동선조의 후손 중 성년 남자만을 종중의 구성원으로 하고 여성은 종중의 구성원이 될 수 없다는 종래의 관습은, 공동선조의 분묘수호와 봉제사 등 종중의 활동에 참여할 기회를 출생에서 비롯되는 성별만에 의하여 생래적으로 부여하거나 원천적으로 박탈하는 것으로서, 위와 같이 변화된 우리의 전체 법질서에 부합하지 아니하여 정당성과 합리성이 있다고 할 수 없다. 따라서 종중 구성원의 자격을 성년 남자만으로 제한하는 종래의 관습법은 이제 더 이상 법적 효력을 가질 수 없게 되었다고 할 것이다.

이렇게 한 가지 사례를 드는 것만으로 충분할 듯싶다. 긴 호흡으로 쓰인 문장의 경우 법률가가 아닌 사람은 그 뜻을 제대로 파악하기 어렵다. 그렇지 않아도 한문 투의 어려운 표현이 많은데 호흡까지 길다 보니 뜻을 이해하는 데 오랜 시간이 걸린다. 시간을 그렇게 들이더라도 마침내 이해할 수만 있다면 그나마 보상이 될 것이다. 하지만 그러한 보상이 쉽지는 않다.

문학적 표현은 그래도 용인이 된다. 내가 존경하는 작가인 김승옥의 소설 《무진기행》의 한 대목이다.

서울의 어느 거리에서고, 나의 청각이 문득 외부로 향하면 무자

비하게 쏟아져 들어오는 소음에 비틀거릴 때거나 밤늦게 신당동 집 앞의 포장된 골목을 자동차로 올라갈 때, 나는 물이 가득한 강물이 흐르고 잔디로 덮인 방죽이 시오리 밖의 바닷가까지 뻗어 나가 있고 작은 숲이 있고 다리가 많고 골목이 많고 흙담이 많고 높은 포플러가 에워싼 운동장을 가진 학교들이 있고 바닷가에서 주워 온 까만 자갈이 깔린 뜰을 가진 사무소들이 있고 대로 만든 와상(臥床)이 밤거리에 나앉아 있는 시골을 생각했고 그것은 무진이었다.

《무진기행》, 김승옥 지음, 민음사)

길긴 하지만 법조계의 문장에 비하면 이해하기 쉽다. 한문 투의 표현이 적기 때문이 아닐까? 또 한 가지, '아니며' 또는 '아니라 할 수 없다.'와 같은 부정문이나 이중부정문이 상대적으로 적게 등장한다. 마지막으로 한 가지 더, 《무진기행》의 글은 상대적으로 포유문이 적은 데다가 주어와 서술어의 거리가 가깝다. 이 점에 대해서는 나중에 다시 설명하기로 한다.

첫 번째 꼭지에서 사례로 활용했던 안내문을 다시 한 번 살펴보자.

> 베란다 및 계단에서 담배 피우는 일이 빈번히 발생하여 다른 세대
> 에서 담배 연기로 인하여 많은 피해를 보고 있사오니 베란다 및
> 계단에서는 금연 및 담배꽁초를 밖에다 버리지 마시기 바랍니다.

이 사례처럼 우리가 곳곳에서 접하는 공고문이나 안내문을 보면, 마침표를 끝에 가서 한 번만 찍는 경우가 대부분이다. 글쓰기를 강연할 때마다 나는 이런 경향을 '한 문장 콤플렉스'라고 부른다. 짧게 끊어서 써도 되는데 굳이 한 문장으로 쓰려다 보니 오류가 많이 생기고 전달력도 떨어진다. 유사한 사례가 있다. 2016년에 보건복지부에서 내놓았던 음주경고문 가운데 하나이다.

> 지나친 음주는 암 발생의 원인이며, **임신 중 음주는 태아의 기형이나 유산**, 청소년 음주는 성장과 뇌 발달**을 저해합니다.**

아주 긴 문장은 아니다. 하지만 '한 문장 콤플렉스' 때문에 오류를 범하고 말았다. 한 문장 안에서 지나친 음주, 임신 중 음주, 청소년 음주의 문제점을 모두 경고하려다가 사달이 났다. '임신 중 음주는 태아의 기형이나 유산을 저해합니다.'라는 뜻이 되어버렸기 때문이다. 임신 중에 술을 마시면 태아의 기형이나 유산을 방지할 수 있다는 뜻인 셈이다. 문장을 길게 쓰다 보니 주어와 서술어가 제대로 호응하지 못한 사례이다. 이와 같은 오류를 방지하려면 문장을 짧게 끊어주는 게 좋다.

> 지나친 음주는 암 발생의 원인입니다. **임신 중 음주는 태아의 기형이나 유산을 초래합니다.** 청소년 음주는 성장과 뇌 발달을 저해합니다.

이 문장을 조금 더 다듬어 보자. 앞서 이야기했듯이 사람을 주어로 바꿔보면 어떨까?

고친 후

술을 지나치게 마시면 암에 걸립니다. 임신 중에 술을 마시면 태아가 기형이 되거나 유산될 수 있습니다. 청소년이 술을 마시면 성장과 뇌의 발달에 좋지 않습니다.

일찍이 열여섯 살에 스승의 중매로써 어떤 양가 처녀와 결혼을 하였지만, 그 처녀는 솔거의 얼굴을 보고 기절을 하고, 기절에서 깨어나서는 그냥 집으로 도망쳐 버리고, 그 다음에 또 한번 장가를 들어보았지만, 그 색시 역시 첫날밤만 정신 모르고 치른 뒤에는, 이튿날은 무서워서 죽어도 같이 못 살겠노라고 부모에게 떼를 써서 두 번째의 비극을 겪고. 이러한 두 가지의 사변을 겪고 난 뒤에는 솔거는 차차 여인이라는 것을 보기를 피하여 오다가, 그 괴벽이 점점 자라서 나중에는 일체로 사람이라는 것의 얼굴을 대하기가 싫어졌다.

《한국대표단편문학선》 중 〈광화사〉, 김동인 지음, 번양사)

위에서 보듯이 유명 작가의 단편소설에도 긴 호흡의 문장은 자주 등장한다. 그런 만큼 짧게 끊지 않았다고 해서 그 문장이 반드시 나

쓰다고는 할 수 없다. 다만 포유문을 최소화하면서 쉬운 낱말을 사용하는 가운데 주어와 서술어를 제대로 호응시킨다면, 길지만 오히려 좋은 문장을 만들어낼 수도 있다. 그래도 분명한 것은 훌륭한 작가들 또한 이렇게 긴 문장을 자주 구사하지는 않는다는 사실이다. 거꾸로 이런 문장은 어떨까?

그녀는 간신히 몸을 일으켰다. 두 손과 옷에 피가 묻어 있었다. 갑자기 지친 몸이 그녀에게 너는 늙었다고 말했다. 늙었지, 그리고 살인자이고, 그녀는 생각했다. 그러나 필요하다면 다시 살인할 것임을 알고 있었다. 언제 살인이 필요할까, 그녀는 생각하면서 현관 쪽으로 향했다. 그녀는 자신의 질문에 대답했다. 아직 살아 있는 것이 이미 죽은 것이 될 때. 그녀는 고개를 저으며 생각했다. 그게 무슨 뜻일까, 말이야, 그저 말일 뿐이야. 그녀는 혼자 걸어갔다. 그녀는 앞마당으로 통하는 문으로 다가갔다. 정문의 쇠막대들 사이로 보초를 서는 병사의 그림자가 보였다. 밖에는 여전히 사람들이 있구나, 볼 수 있는 사람들. 그녀 뒤에서 발소리가 다가왔다. 그녀는 몸을 떨었다. 그놈들이야, 그녀는 이렇게 생각하며, 가위를 치켜들고 얼른 몸을 돌렸다. 그러나 남편이었다.

(《눈먼 자들의 도시》, 주제 사라마구 지음, 정영목 옮김, 해냄)

열여덟 개의 문장이다. 앞서 예시한 법조계의 글과 비교하면 엄청나게 짧은 문장들이다. 이렇게 짧게 끊어진 문장을 읽고 있으면 특정한 느낌을 갖게 된다. 바로 긴박감이다. 호흡이 짧은 만큼 긴장감이 배가된다. 아무래도 긴 글보다는 독자들의 집중력을 붙들어놓는 효과가 크다.

중언부언은 글이라는 자원의 낭비

초등학교 2학년이던 1968년 12월. 겨울방학과 크리스마스를 설레는 마음으로 기다리던 그 무렵, 갑자기 큰 숙제가 떨어졌다. 12월 5일에 공포된 '국민교육헌장'을 통째로 암기하라는 숙제였다. 초등학교 2학년이 줄줄 외우기에는 상당히 부담스러운 분량이었다. 내가 다니던 교회에서도 성경암송대회가 자주 열리긴 했지만 그것은 원하는 사람들만 참가하는 행사였다. 그런데 이 숙제는 예외가 허용되지 않았다. 한 사람도 빠짐없이 숙제를 완수해야 했다. 뜻도 잘 모르는 낱말과 문장들을 달달 외우는 일은 결코 쉽지 않았다. 2년 터울로 4학년이던 형도 부담스럽기는 마찬가지였다. 학교 전체가 국민교육헌장을 외우느라 난리였다.

지금 와서 생각해도 참으로 의아한 대목이다. 왜 그렇게 긴 글을 어린 초등학생들에게까지 외우라고 강요했던 것일까? 결론은 하나로 모아진다. 권위주의 정권이 추구하던 국가주의의 어두운 그늘이다. 그 주입식교육의 전형이다. 낯선 한문 투의 문장을 주기도문처럼 외우고 다니던 기억이 지금도 선명하다.

새삼스럽게 '국민교육헌장' 이야기를 꺼낸 이유가 있다. 이 글은 박종홍 등 기초위원 26명과 심사위원 48명이 초안을 작성한 것으로 알려져 있다. 그만큼 심혈을 기울였던 글인 것이다. 글의 내용과 성격에 대해서는 여기서 굳이 왈가왈부하지 않기로 한다. 내가 말하고자 하는 것은 문장이다. 심혈을 기울인 만큼 문장이 꽤 정제되어 있는 편이다. 군더더기도 별로 없다. 다음은 국민교육헌장의 가운데 대목이다.

(전략) 성실한 마음과 튼튼한 몸으로, 학문과 기술을 배우고 익히며, 타고난 저마다의 소질을 계발하고, 우리의 처지를 약진의 발판으로 삼아, 창조의 힘과 개척의 정신을 기른다. 공익과 질서를 앞세우며 능률과 실질을 숭상하고, 경애와 신의에 뿌리박은 상부상조의 전통을 이어받아, 명랑하고 따뜻한 협동 정신을 북돋운다. 우리의 창의와 협력을 바탕으로 나라가 발전하며, 나라의 융성이 나의 발전의 근본임을 깨달아, 자유와 권리에 따르는 책임과 의무를 다하며, 스스로 국가 건설에 참여하고 봉사하는 국민 정신을 드높인다. (하략)

문장 하나하나가 짧은 편은 결코 아니다. 내가 선호하는 기준으로 따진다면 다소 길다고도 볼 수 있다. 그래도 군더더기는 그다지 눈에 띄지 않는다. 한 번 했던 이야기나 비슷한 뉘앙스가 되풀이되는 경우는 거의 없다. 같은 낱말이 두세 번 쓰이는 경우도 거의 없다. 두 번 사용되는 낱말이 몇 개 있는데, '민족', '역사', '우리', '국민', '나라', '정신' 정도이다. 대구법도 적절하게 활용되고 있다. 국가주의 주입식 교육의 전형이긴 하지만 군더더기가 없다는 점만큼은 인정해야 할 듯싶다. 훗날 대학교에 들어가 학생운동에 뛰어든 후에도 글을 쓸 기회가 있으면 '국민교육헌장'을 떠올리곤 했다. 적어도 이 글보다는 잘 써야 한다는 강박 같은 게 있었다.

노무현 대통령은 연설하거나 강연할 때면 때로는 상반된 모습을 보이기도 했다. 원고를 미리 준비하여 낭독하는 연설의 경우에는 전체적으로 군더더기가 없이 깔끔했다. 의례적인 행사인 경우에는 더욱 압축된 문장을 구사했다. 자신이 글을 직접 써서 정리한 담화문의 경우도 마찬가지였다. 다음은 '독도연설'로 알려진 '한일관계에 대한 특별담화문'의 도입부이다.

존경하는 국민 여러분,
독도는 우리 땅입니다. 그냥 우리 땅이 아니라 40년 통한의 역사가 뚜렷하게 새겨져 있는 역사의 땅입니다. 독도는 일본의 한반도 침탈 과정에서 가장 먼저 병탄되었던 우리 땅입니다. 일본이 러일전쟁 중에 전쟁 수행을 목적으로 편입하고 점령했던 땅입니다.

러일전쟁은 제국주의 일본이 한국에 대한 지배권을 확보하기 위해 일으킨 한반도 침략전쟁입니다. 일본은 러일전쟁을 빌미로 우리 땅에 군대를 상륙시켜 한반도를 점령했습니다. 군대를 동원하여 궁을 포위하고 황실과 정부를 협박하여 한일의정서를 강제로 체결하고, 토지와 한국민을 징발하고 군사시설을 설치했습니다. 우리 국토 일부에서 일방적으로 군정을 실시하고, 나중에는 재정권과 외교권마저 박탈하여 우리의 주권을 유린했습니다.

일본은 이런 와중에 독도를 자국 영토로 편입하고, 망루와 전선을 가설하여 전쟁에 이용했던 것입니다. 그리고 한반도에 대한 군사적 점령상태를 계속하면서 국권을 박탈하고 식민지 지배권을 확보하였습니다.

지금 일본이 독도에 대한 권리를 주장하는 것은 제국주의 침략전쟁에 의한 점령지 권리, 나아가서는 과거 식민지 영토권을 주장하는 것입니다. 이것은 한국의 완전한 해방과 독립을 부정하는 행위입니다. 또한 과거 일본이 저지른 침략전쟁과 학살, 40년간에 걸친 수탈과 고문·투옥, 강제징용, 심지어 위안부까지 동원했던 그 범죄의 역사에 대한 정당성을 주장하는 행위입니다. 우리는 결코 이를 용납할 수 없습니다. (하략)

(2006년 4월 25일, 한일 관계에 대한 특별담화문)

전반적으로 문체가 간결하다. 되풀이되는 이야기나 낱말도 거의 없다. 첫머리에서 '땅입니다.'라는 표현이 되풀이되고 있는데 이는 특별히 강조하기 위한 용법으로 보면 된다. 그런데 이와는 상반된 경우도 있다. 간단한 메모만 가지고 프리토킹 방식으로 강연하는 경우에는 중언부언이 가끔 등장한다. 정리된 원고가 없는 연설이나 강연의 경우 이러한 부작용을 피해가기 어렵다.

"여러분, 대단히 반갑습니다. 아침에 TV를 보고 있는데 대통령 특강이라 해서, 깜짝 놀라서 제가 특강은 무슨 특강? 특강 다 듣기 싫어하잖아요. 그래서 이름이 잘못된 게 아닌가 하고 생각했습니다. 그래서 와서 의전비서관을 보고 '오늘 행사가 뭔가? 특강인가, 오찬인가?' 물었습니다. '특강도 하고 오찬도 합니다.' 그러기에 '어느 게 진짜야?' 물었더니 '처음에는 오찬과 격려로 잡았는데 밥상머리에 앉아가지고 대통령이 길게 얘기하면 밥 먹은 게 소화가 안 되니까 미리 한 말씀하시고 격려 말씀 한 말씀하시고, 그 다음에 점심은 편하게 먹자, 그래서 이렇게 잡았다'는 겁니다. 그래서 이름이 특강이 돼버렸습니다. 특강하니까 좀 싫지요. 오늘 행사는 오찬입니다. 오찬과 격려. 그렇게 생각해주십시오. '무슨 특강이야? 촌스럽게!' 그랬더니 그래도 훈시보다 낫지 않느냐는 겁니다. 그래도 훈시보다 낫지요. 격려는 무슨 격려! 공무원이 헌법과 법률에 의해서 주어진 직무를 수행하는 데 대통령이 새삼스럽게 격려하고 말고 할 게 또 있습니까? 이렇게도 생각해봤습니다. 그런데 여러분들이 수고가 많습니다. 모든 공무원들이 다 수고하지만 특별히 경찰공무원들이 수고가 많습니다. 그리고 두 번째로는 개혁을 잘하고 있습니다. 격려받을 만큼 잘하고 있습니다. 저는 그렇게 생각합니다. 지금까지 잘한 거라면 제가 격려 안 하죠. 저도 바쁩니다. 앞으로 부탁할 일이 많습니다. 그래서 잘 좀 도와주십사, 그렇게 부탁드리려고 오늘 여러분 초청해서 격려자리 만들었습니다. 괜찮지요? (예.) 이럴 때에는 박수 치는 겁니다. '예' 하는 게 아니고. 우리 정치하는 사람은 뻑 하면 박수 쳐요. 기침만 해도 박수 치고 건배하고 또 박수 치고 계속 박수 치는데 공무원은 박수를 잘 안 치더군요. 박수를 잘 쳐야 출세를 합니다.

(2003년 6월 16일, 전국 경찰지휘관 초청 특강 및 오찬)

이야기가 자연스럽게 풀리긴 하지만 시간은 늘어지고 효율성은 상대적으로 떨어진다. 아무래도 두 마리 토끼를 다 잡을 수는 없는 법이다. 군더더기 없이 깔끔하게 강연하고 싶다면 원고 전체를 가급적 미리 작성해놓는 게 좋다. 간단한 메모에만 의존하다 보면 옆길로 샐 가능성이 없지 않다. 했던 이야기를 또 하는 경우도 많다.

한 번 사용했던 표현을 일부러 되풀이해야 할 경우도 있다. 앞에서 본 '독도 연설'의 '땅입니다.'와 같은 사례다. 특별히 강조해야 할 사항이라면 중언부언을 해서라도 강하게 전달해야 한다. 읽거나 들는 사람의 머릿속에 분명하게 한마디를 각인시켜놓는 것이다. 이럴 때 되풀이되는 낱말이나 문장은 중언부언이라기보다 핵심카피에 가깝다. 마틴 루터 킹 목사의 명연설에 등장하는 '나에게는 꿈이 있습니다.'라는 문장과도 같은 것이다. 다음은 노무현 대통령이 민주당 경선후보 시절이던 2001년 11월 10일, 무주에서 열린 단합대회에서 지지자들을 대상으로 했던 연설의 일부이다.

여러분과 저는 동지입니다. 유신시대를 살아오셨죠, 5공 시대를 살아왔습니다. 직접 반독재투쟁의 전선에서 많은 분들이 싸우셨습니다. 독재와 특권에 맞서서 나라의 정의를 바로 세우기 위해서 많은 사람들이 싸웠습니다. 끌려가서 매 맞고 감옥 가고 목숨을 잃는 사람들도 있었습니다. 많은 어머니들은 억울하게 매 맞고 감옥 간 자식들을 돌려달라고 민가협을 결성해서 함께 나섰습니다. 이중에 계신 선배님들 중에서도 그 시절 그 가열 찬 투쟁을 겪으신 분들이 계실 것입니다.

유신시대 민주화운동에 나서지 않았다 하더라도 적어도 87년 6월 항쟁 때 여러분들은 최루탄을 마셨을 것입니다. 길거리에서 젊은이들과 함께 '직선쟁취', '민주헌법쟁취'를 외치면서 많은 분들이 싸웠습니다. 차마 용기가 없어 길거리에 함께 뛰어들지 못했다할지라도 길거리에 뛰는 젊은이들에게 김밥을 가져다주고, 물수건을 가져다주고 마스크를 사다주며 마음을 보탰을 것입니다.

그런 의미에서 우리는 모두 동지들입니다. 민주주의의 동지들입니다.

92년 쇠점터, 그 자리를 기억하시는 분들도 계실 것입니다. 12월, 우리는 그 찬바람이 몰아치는 길거리에서, 부천역전에서, 천안역전에서, 부산역전에서 김대중 대통령의 당선을 위해서 추위에 떨면서 함께 뭉쳤습니다. 그러나 패배했습니다.

97년, 우리는 다시 일어섰습니다. 또 그렇게 싸웠습니다. 마침내 정권이 교체되었습니다. 50년 만의 정권교체라고 우리는 기뻐했습니다. 권력에 맞서서 이 나라의 백성들이 주먹을 불끈 쥐고 일어서서 권력을 쟁취한 600년 만의 쾌거였습니다. 우리는 그 역사를 이루어낸 것입니다. 여러분이 그 역사를 이루어낸 것입니다. 여러분은 우리의 동지입니다. 새로운 역사를, 굴종과 기회주의의 부끄러운 역사를 청산하고 이제 당당하게 우리의 손으로 정권을 세운 이 민주주의의 역사를 여러분과 우리가 함께 만들어낸 것입니다. 김대중 대통령과 여러분과 우리가 함께 만들어낸 것입니다. 우리는 동지입니다. (박수)

우리는 동지입니다. 오늘 우리는 다시 민심의 법정에 피고로 서 있습니다. 민심은 당을 떠났습니다. 민심은 대통령을 떠나고 있습니다. 세 개의 보궐선거에서 우리는 실패했습니다. 당원들은 고개 숙이고 있습니다.

거의 매 문단마다 '우리는 동지입니다.'라는 문구가 반복해서 등장한다. 결국 이것이 이날 연설의 핵심키워드인 셈이다. 본격적인 대통령 후보경선을 목전에 두고 있는 만큼, 이날 행사를 통해 지지자들과 동지적 유대감을 확실히 다져야 했다.

군더더기 없이 압축된 연설의 백미가 있다. 미국 링컨 대통령의 게티스버그 연설이다. 이 연설에 사용된 단어는 300개가 채 안 된다고 한다. 짧아도 충분히 큰 울림을 줄 수 있다는 사실을 보여준 대표적 사례다. 오히려 큰 감동을 주기 위해서는 더욱 짧을 필요가 있다는 사실을 보여준 사례로 이해할 수도 있다. 잘 알려져 있듯이 링컨에 앞서 에드워드 애버렛이 두 시간에 걸쳐 연설했다. 이 연설은 13,607단어로 이루어졌다고 한다. 그런데 오히려 깊은 감동은 준 것은 링컨의 연설이었다.

Four score and seven years ago our fathers brought forth on this continent a new nation, conceived in Liberty, and dedicated to the proposition that all men are created equal.

87년 전 우리의 선조들은 이 대륙에 새로운 나라를 세웠습니다. 자유를 추구하고 모든 인간은 타고나면서 평등하다는 명제에 헌신하는 나라였습니다.

Now we are engaged in a great civil war, testing whether that nation, or any nation, so conceived and so dedicated, can long endure. We are met on a great battle-field of that war. We have come to dedicate a portion of that field, as a final resting place for those who here gave their lives that that nation might live. It is altogether fitting and proper that we should do this.

지금 우리는 커다란 내전에 휩싸여 있습니다. 그렇게 탄생한 나라가 오래도록 지속할 수 있는지를 가늠하는 내전입니다. 우리는 이 전쟁의 치열했던 전장에 모였습니다. 이 나라가 지속되도록 목숨을 바친 사람들에게 이 전장의 일부를 마지막 안식처로 봉헌하기 위해 우리는 모였습니다. 이는 매우 당연하고도 적절한 일입니다.

But, in a larger sense, we can not dedicate, we can not consecrate, we can not hallow this ground. The brave men, living and dead, who struggled here, have consecrated it, far above our poor power to add or detract. The world will little note, nor long remember what we say here, but it can never forget what they did here. It is for us the living, rather, to be dedicated here to the unfinished work which they who fought here have thus far so nobly advanced. It is rather for us to be here dedicated to the great task remaining before us—that from these honored dead we take increased devotion to that cause for which they gave the last full measure of devotion—that we here highly resolve that these dead shall not have died in vain—that this nation, under God, shall have a new birth of freedom—and that government of the people, by the people, for the people, shall not perish from the earth.

그러나 더 크게 보면, 우리는 이 땅을 봉헌할 수 없습니다. 신성하게 할 수도 없습니다. 거룩하게 만들 수도 없습니다. 이곳에서 싸워 전사했거나 살아남은 용감한 사람들이 이미 숭고하게 만들었기 때문입니다. 부족한 우리의 힘으로는 더할 것도 줄일 것도 없습니다. 우리가 이곳에서 무엇을 말했는지 세상은 주목하지도 기억하지도 않을 것입니다. 그러나 그들이 이곳에서 이루어낸 일은 결코 잊지 못할 것입니다. 이곳에서 싸웠던 사람들이 훌륭하게 진척시켜놓은 미완의 과제가 있습니다. 그 과제에 헌신해야 할 사람은 바로 살아있는 우리들입니다. 여기 모인 우리는 그 위대한 과제에 헌신해야 합니다. 이 명예로운 죽음을 기리며 우리는 그들이 모든 것을 던져 추구했던 명분을 위해 더욱 치열하게 헌신해야 합니다. 그들의 죽음이 헛되이 되지 않도록 우리는 더 굳게 결의해야 합니다. 신의 가호 아래 이 나라가 자유의 새로운 탄생을 맞도록 해야 합니다. 그리고 국민의, 국민에 의한, 국민을 위한 정부가 이 땅에서 영원히 사라지지 않도록 해야 합니다.

영어를 직역하면 복잡한 포유문이 많이 생겨난다. 참고로 위의 번역문은 복잡한 포유문을 최대한 끊어내어 단문으로 처리해본 것이다. 각자 한 번 나름대로 번역해볼 것을 권한다. 아무튼 링컨은 '우리가 이곳에서 무엇을 말했는지 세상은 주목하지도 기억하지도 않을 것'이라고 말했다. 하지만 이 연설은 사람들의 머릿속에서 가장 오래도록 기억되고 있다.

다음의 사례를 보자. 2002년 대통령선거 본선을 앞둔 시점인 10월 21일, 노무현 후보의 홈페이지에 '네티즌칼럼'이라는 형식으로 내가 기고했던 글이다. 제목은 '노무현 필승론: 7가지 이유'다. 17년 전 글인 셈이다. 정성을 담아 열심히 쓴다고 했는데 이 글을 보면 중언부언이 제법 있다.

(전략)

2. 승부의 관건인 막판 스퍼트, 노무현이 단연 우세하다

지금 시점은 선거의 중반이다. 지금의 우열로 승부를 장담할 수는 없다. 최종 승부는 막판 스퍼트로 결정이 되는 법이다. 누가 힘차게 막판 스퍼트를 하는가가 관건이다. 앞으로 60일, 노무현의 화력은 지금부터가 진짜이다.

이회창·정몽준 씨에게는 더 이상의 무기도 화력도 없다. 반면 노무현 후보에게는 TV토론이라는 강력한 무기가 남아 있다. 노무현의 진면목을 직접 알릴 수 있는 중요한 기회이다. (중략) 남은 60일, 노무현의 일방적 득점이 계속될 수밖에 없다. 선수들이 링 밖에 있으면 관중들은 누가 강자인지 구분하지 못한다. 일단 링 위에 올라가 시합이 붙어야 실력이 가려지는 법. (중략) 진짜 실력이 드러나는 본격 시합은 지금부터이다. 관중들의 지지가 자연스럽게 바뀔 수밖에 없다."

'막판 스퍼트'라는 말과 그 유사한 뉘앙스의 표현들이 자꾸 되풀이되고 있다.

4. 정통민주세력에게는 위기 극복의 저력이 있다

현재의 대선후보군 가운데 정통민주세력의 맥을 잇고 있는 사람은 노무현 후보뿐이다. 역대 선거를 돌이켜보자. 정통민주세력이 쉽게 일방적으로 패배한 경우는 거의 전무하다. 설사 패배했다 해도 그 다음에는 냉정한 자기반성을 통해 다시 일어서곤 했다. 저력이 있다는 이야기이다. 그 저력이 군사독재를 종식시켰고 정권교체를 이루어냈다. 국민들은 정통민주세력을 결코 외면하지 않는다. 그것이 바로 저력인 셈이다. 노무현 후보와 그 주변의 사람들은 정통민주세력의 핵심이자 가장 깨끗한 정치인들이다. 국민들은 이들의 진가를 결코 외면하지 않고 높이 평가해줄 것이다. 또 국민들은 언제나 견제와 균형의 선택을 해왔다. 한나라당이 지방선거와 재보선 압승으로 오만해지자 준엄한 견제를 보내고 있는 것이다. 민주당 측의 여러 악재에도 불구하고 이회창 후보의 지지율이 좀처럼 상승되지 않는 것도 그 증거 가운데 하나이다.
국민들은 결국 민주세력에 힘을 모아줄 것이다. 그래서 균형의 정
치를 이루어낼 것이다.

'정통민주세력'이 '저력'이라는 표현과 함께 수차례 되풀이되면서
전달하려는 메시지를 흐리고 있다. 역시 군더더기이자 자원의 낭비
다. 같은 내용을 표현을 바꿔가며 되풀이하고 있는 데 불과하다. 지
금 와서 보니 왜 저렇게 썼을까 후회막급이다. '더 간결하고 압축적
으로 쓸 수 있었을 텐데…' 하는 아쉬움이 남는 대목이다.

머리가 큰 문장은 보기에도 힘들다

나는 너의 어머니께서 강아지가 짖어대는 장면을 지켜보시다가
화를 벌컥 내는 모습을 목격하고는 조금 놀랄 수밖에 없었어.

    사례로 활용하기 위해 한번 만들어본 문장이다. 조금은 복잡한 포
유문이다. 전체의 주어와 서술어가 있지만, 그 안에는 두 개의 절이
또 있다. 절마다 각각의 주어와 서술어가 또 있다. 이렇게 쓰는 사람
들이 실제로 아주 없지는 않을 것이다. 얼핏 보아 큰 문제는 없다. 뜻
을 전달하는 데에도 큰 지장은 없다. 다만 이 문장의 경우는 일상에
서 흔히 쓰는 표현들을 활용했기 때문에 쉽게 이해되는 것일 수도 있
다. 문장의 구성과 형식을 유지하되 표현을 사회과학적인 용어들로
바꿔보면 어떻게 될까?

언론은 이 정부가 노동조합이 강경투쟁을 하는 데 은근히 압박
　　A　　　B　　　　C　　　　　　　　C'　　　　　B'
을 가했다고 추측하고 있다.
　　　　A'

역시 무슨 뜻인지 전달되기는 한다. 하지만 뜻을 보다 명확히 이
해하려면 문장을 한두 차례 더 꼼꼼하게 살펴보아야 한다. 그냥 한
번 훑듯이 읽어서는 뜻을 정확하게 파악하기 어려운 문장이다. 이 문
장은 왜 어려운 것일까? 문제는 주어다. 한 문장 안에 주어가 너무 많
다. 이 문장에서는 세 개의 주어가 등장하고 있다. 그래서 서술어도
세 차례 등장한다.

첫 번째 사례의 문장을 먼저 보자. 앞에서부터 '나', '너의 어머니',
그리고 '강아지'까지 주어가 세 개 등장한다. 서술어는 차례로 뒤에서
부터 '놀랄 수밖에 없었다', '지켜보시다가 화를 벌컥 내다', 그리고 '짖
어대다'가 된다. 주어를 A, B, C라 하고 각각에 호응하는 서술어를 A',
B', C'라고 하자. 이 문장은 A+B+C+C'+B'+A'의 구조로 되어 있다. 이
런 구조야말로 최악의 문장이라고 나는 생각한다. 주어가 잇따라 세
개 이상 등장하는 구조를 말한다.

흔히들 주어와 서술어는 가까이 있는 게 좋다고 말한다. 맞는 말
이다. A+A'+B+B'+C+C'와 같은 구조를 갖는 게 이상적인 문장이라고
할 수 있다. 하지만 그렇게 쓰는 일이 쉽지는 않다. 그래도 이와 비슷
한 구조로 최대한 바꾼다면 어떤 방법이 있을까?

고친 후

강아지가 짖어대는데, 너의 어머니가 그 장면을 지켜보시다가
화를 벌컥 내셨어. 그 모습을 보고 나는 조금 놀랄 수밖에 없었어.

이 정도면 어떨까? 뜻도 분명하게 전달된다. 같은 방식으로 두 번
째 사례도 고쳐보자.

고친 후

노동조합이 강경투쟁 하는데 이 정부가 은근히 압박을 가했다.
언론은 그렇게 추측한다.

한 문장에 주어가 지나치게 많으면 읽는 사람의 입장에서는 헷갈
릴 수밖에 없다. 특정한 주어에 호응하는 서술어가 어떤 것인지 구분
하기가 쉽지 않다. 그렇다면 실패한 문장이다. 주어와 서술어의 호응
을 분명히 하기 어렵다면 차라리 '주어+서술어, 주어+서술어'의 형식
을 취하는 게 좋다. 그러면 중간 정도의 문장은 된다.

영어를 일찍 배우는 탓일까? 주변의 글이나 문장을 보면 주어를
가장 먼저 쓰는 경우가 제법 많다. 물론 잘못된 것은 아니다. 문제는
바로 그 뒤를 이어 제2, 제3의 주어가 잇따라 등장한다는 것이다. 나
역시 그런 습관에서 자유롭지는 않다.

1년 반 전의 일이다. 서울시내로 향하는 버스를 탔다가 이런 안내

문을 보았다. 버스 번호만 빼고 그대로 인용한다.

> 안내문
> 제목: "11월 11일(토) 교통통제 안내문"
> 안녕하십니까?
> 우리 회사 ○○○번 노선이 2017.11.11(토) 14:00~19:00분까지
> 도심 집회 및 행진으로 인하여 해당 시간에 운행하는 차량들이
> 정체 및 서행 운행될 예정이오니 이용 승객 분들의 많은 양해
> 부탁드립니다.
> 우리는 최고의 서비스와 안전운행으로 최고의 만족을 드리는
> ○○운수가 되겠습니다. 감사드립니다.

　지적하고 싶은 사항이 많다. 우선 '제목'이라는 표현은 마음에 들지 않는다. 안내문의 첫머리에 '제목'이라는 두 글자를 반드시 표기할 필요는 없다. '제목'이라고 쓰는 대신, 그것에 해당하는 글을 쓰면 된다. 이 경우에는 '제목'이라는 두 글자를 삭제하면 그만이다. 제목 위에는 '안내문'이라는 표기가 있다. 그런데 제목의 내용에도 '안내문'이 다시 등장한다. 이럴 필요까지는 없다. 두 줄을 합쳐 '11월 11일(토) 교통통제 안내문'이라고 쓰면 된다. '11월 11일(토)'라는 표현을 꼭 제목에 넣을 것인가는 회사 측이 판단할 문제다. 승객의 입장에서는 통제 날짜를 한눈에 알 수 있기 때문에 좋을 수도 있다.

안내문 본문을 보면 '19:00분까지'로 되어 있는데 역시 적절한 표현방식이 아니다. '19:00까지'로 하면 된다. 그런데 부호인 '~'에는 이미 '…부터 …까지'라는 의미가 담겨 있다. 그렇다면 이 대목의 경우 가장 간단하게는 '14:00~19:00에'로 쓰면 된다. 풀어서 쓴다면 '14시 00분~19시 00분에'로 쓰거나 아예 '14시 00분부터 19시 00분까지'로 표현하면 된다.

첫 문장을 보자. 이 문장의 주어는 과연 무엇일까? 전체 문장의 주어는 '○○○번 버스회사'인데 생략되어 있다고 봐야 한다. 이에 호응하는 서술부는 '이용 승객 분들의 많은 양해 부탁드립니다.'이다. 즉 회사가 승객들에게 양해를 부탁하는 문장이다. 문제는 그 이유를 설명하는 절이다. 이 절은 '우리 회사 ○○○번 노선이………서행 운행될 예정이오니'까지다. 이 절의 주어는 무엇일까? 얼핏 '우리 회사 ○○○번 노선이'가 주어라고 생각했는데 이에 호응하는 서술어를 찾을 수 없다. 그 뒤로는 '해당 시간에 운행하는 차량들이'가 등장한다. 이 문구가 주어의 역할을 하고 있다. 이 주어에 호응하는 서술부는 '정체 및 서행 운행될 예정'이다. 주어는 두 개인데 서술부는 하나뿐이다. 결국 앞의 주어는 생략해도 좋은 것임을 알 수 있다. 아니면 두 개의 주어를 합쳐 하나로 만들면 된다. 다음 문장을 보자. 주어는 누가 봐도 '우리는'이다. '우리는'에 호응하는 서술부는 '○○운수가 되겠습니다.'이다. '최고의 만족을 드리는'은 서술부가 아니다. 이럴 경우 '우리는'이라는 주어는 앞 문장처럼 생략해도 무방하다.

위에서 지적한 문제점들을 감안하여 안내문을 한번 고쳐보자.

고친 후

11월 11일(토) 교통통제 안내문

안녕하십니까?

2017.11.11.(토) 14시 00분부터 19시 00분까지 도심 집회와 행진 때문에 이 시간에 운행하는 OOO번 노선버스가 정체되거나 서행 운행될 예정입니다. 승객 분들의 많은 양해를 부탁드립니다. 최고의 서비스와 안전운행으로 최고의 만족을 드리는 OO 운수가 되겠습니다. 감사합니다.

이렇듯 주어가 여러 개 등장하는 문장은 좋지 않다. 그런데 주어가 하나뿐이긴 하지만 상대적으로 꽤 긴 경우가 있다. 가끔 잘 활용하면 글에 감칠맛을 더할 수 있다. 하지만 지나치게 길게 쓰거나 자주 활용하면 좋지 않은 문장이 될 수밖에 없다. 사례를 보자. 오래 전에 내가 썼던 글이다. 청와대 대변인 시절에 대통령의 옛날 에피소드를 관계자로부터 듣고 나서 내용을 글로 옮긴 것이다. 15년 전의 글로 제목은 '발명가 대통령의 미완의 사업'이다.

국회의원을 하던 시절, 대통령은 회의를 위해 자리에 앉을 때마다 의자 등받이 위쪽의 모양을 옷걸이 모양으로 하면 어떻겠느냐는 생각을 하곤 했다. 아무래도 그냥 의자에 웃옷을 걸어놓으면 모양이 망가지기 때문이었다. <u>그것이 일리 있는 발상임을 부인할 사람</u>은 아마 없을 것이다.

밑줄 친 문장의 주어는 '그것이 일리 있는 발상임을 부인할 사람'이다. 문장의 길이에 비해 주어가 상대적으로 길다. 그래도 이 정도면 문제 삼을 수준은 아니다.

김해 장유의 불모산에서 함께 공부를 하던 노무현, A씨, B씨, 세 명의 고시준비생이 있었다. <u>뒤늦게 이 팀에 합류했던 A씨의 눈에 처음 들어온 것은</u> 수험생 노무현이 직접 만들어 사용하고 있던 독서대. 말하자면 대통령의 발명품이다. 그 독서대를 이용하면 책을 여러 형태의 각도로 놓을 수 있어서 책을 보는 사람이 어떤 자세로 있어도 항상 편하게 책을 볼 수 있었다. 의자 등받이에 깊숙이 기대서도 볼 수 있고, 심지어는 비스듬히 누운 것 같은 편안한 자세로도 볼 수 있는 그런 독서대였다. 게다가 두터운 수험서와 법전을 동시에 올려놓고 볼 수도 있었다.

밑줄 친 문장에서 주어는 '뒤늦게 이 팀에 합류했던 A씨의 눈에 처음 들어온 것은'이다. 역시 주어가 긴 편이다. 게다가 이 주어는 이중 포유문의 형식으로 구성되어 있어 조금 복잡한 느낌이다.

다시 시간이 흘러, 90년대 중반의 어느 날. 화려한 청문회 스타에서 초라한 낙선자로 전락해 있던 대통령과 A씨가 소주를 함께 했다. 그리고 제법 거나하게 취한 두 사람이 권양숙 여사가 운전하는 차를 타고 헤어지려던 즈음, A씨는 권 여사가 건넨 뜻밖의 말에 술이 확 깨었다.

"그때 그 500만 원, 이 양반이 변호사 된 후에 제일 먼저 갚았습니다. 알고는 계셔야 할 것 같아서."

까마득히 잊고 있던 옛날의 기억을 되살려준 뜻밖의 이야기에 깜짝 놀란 A씨를 더욱 놀라게 한 것이 또 있었다. 권 여사의 그 말이 끝나자마자 터져 나온, 권 여사를 향한 대통령의 불만 가득한 한마디.

"쓸데없는 소리! 그 이야기는 절대 하지 말라고 했더니…."

등장하는 주어들마다 대체로 긴 편이다. 밑줄 친 '화려한 청문회 스타에서 초라한 낙선자로 전락해 있던 대통령과 A씨가 소주를 함께했다.'는 문장을 보면 역시 주어가 길다. 수식도 길지만 꾸미는 대상이 누구인지, 대통령인지 두 사람 모두를 이야기하는 것인지도 혼란스럽다. 뜻을 정확하게 전달하려면 '화려한 청문회 스타에서 초라한 낙선자로 전락한 대통령이 A씨와 함께 소주를 마셨다.'로 바꾸는 게 좋다.

다음 밑줄 친 문장을 보자. 이 문장의 주어는 '까마득히 잊고 있던 옛날의 기억을 되살려준 뜻밖의 이야기에 깜짝 놀란 A씨를 더욱 놀라게 한 것'이다. 정말 긴 주어다. 게다가 사중 포유문이다. 주어가 사실상 문장의 대부분을 차지하고 있다. 거듭 말하지만 어쩌다가 한 번씩 주어를 길게 쓰는 것은 무방하다. 그러나 습관적으로 길게 쓰지는 말아야 한다. 읽는 사람의 호흡을 거칠게 만들기 때문이다.

- 이 친구는 어릴 적부터 이웃에서 가깝게 지내온 가장 친한 친구다.
- 이 연설은 당대 최고의 연설이다.
- 이 책은 이 시대의 정신을 담은 몇 안 되는 책 가운데 하나다.

비문이라고는 할 수 없다. 그런데 이 문장들처럼 우리는 주어에서 한 번 사용했던 낱말을 서술부에서도 다시 언급하는 오류를 자주 범한다. 나 역시 마찬가지다. 이런 오류를 잡아내기 위해서는 퇴고에 퇴고를 거듭하는 수밖에 없다. 얼핏 잘못이 없어 보이기 때문이다. 특히 문장이 길수록 이러한 오류를 범할 가능성이 높아진다. 역시 비문은 아니지만 가급적 쓰지 않았으면 하는 표현이 있다.

사랑을 하는 것은 마음을 모두 주는 것이다.

비교적 짧은 탓에 문제점이 분명히 드러난다. 주어에도 '것'이 있고 서술어에도 '것'이 등장한다. 이런 문장은 가급적 피하는 게 좋겠다. 그냥 '사랑은 마음을 모두 주는 것이다.'라고 쓰면 안 될까? 아니면 '사랑을 하는 것은 마음을 모두 준다는 뜻이다.'라고 바꾸면 어떨까?

다음 문장을 보자.

> 역사를 <u>공부하는 것은</u> 이 시대가 어떻게 여기까지 왔는지 그 과정을 파악하여 보다 나은 미래를 <u>만들기 위한 것이다.</u>

주어는 '공부하는 것'이고 서술어는 '만들기 위한 것'이다. 역시 좋지 않다. 그렇다면 이 문장은 어떻게 고쳐야 할까? 주어와 서술어 가운데 적어도 하나의 '것'을 없애야 하지 않을까?

고친 후

> 역사를 공부하는 것은 이 시대가 어떻게 여기까지 왔는지 그 과정을 파악하여 보다 나은 미래를 만들기 위해서이다.

서술부의 '것'을 살릴 수도 있다. 과감하게 문장을 잘라내면 된다. 이렇게 하면 어떨까?

고친 후

우리는 역사를 공부한다. 이 시대가 어떻게 여기까지 왔는지 그 과정을 파악하여 보다 나은 미래를 만들기 위한 것이다.

주어가 길게 이어지는 문장은 대체로 멋을 부리려는 시도에서 비롯되는 경우가 많다. 한편으로는 영어식 표현이기도 하다. 영어에서는 관계대명사의 제한적 용법으로 주어를 길게 수식하는 경우가 있다. 그런 영문을 직역하면 주어가 긴 문장이 탄생하곤 한다. 이런 문장은 대체로 독자들의 숨을 차게 만드는 경향이 있다.

나는 전문가 수준은 아니지만 글쓰기 분야에서 30년 동안 관련된 일을 해왔다. 그 과정에서 체득한 교훈이 하나 있다. 글쓰기는 장거리 운동과 같다는 점이다. 말하자면 마라톤 같은 것이다. 끈기와 긴 호흡을 필요로 한다. 그러나 하나하나의 문장은 단거리 운동과도 같다. 짧은 호흡으로 가야 한다는 것이다. 그것이 독자를 편하게 만드는 방법이다.

"그래서 결론이 뭡니까?"

학창시절에 글을 쓸 때면 언제나 되풀이하는 형식이 있었다. 습관처럼 그 틀에 맞춰 글을 쓰곤 했다. 중간시험의 답안지도, 학기말의 리포트도, 그리고 졸업논문에 이르기까지 모든 글을 서론·본론·결론의 순서로 썼다. 글은 으레 그렇게 써야 하는 것으로 배웠다. 혹시 소설이나 희곡을 쓰게 되면 역시 기·승·전·결 또는 발단·전개·위기·절정·대단원의 구성을 따르는 게 좋다고 들었다. 정치권에 들어와서도 한동안은 이런 틀에 맞추어 모든 글을 썼다. 연설은 물론 대정부 질문, 정책 질의, 성명서, 기자회견문 등을 그렇게 썼다. 중요한 결론은 꼭 뒷부분에 배치했다. 주장하는 바를 확인하려면 반드시 처음부터 끝까지 글 전체를 읽도록 하는 셈이었다. 이것이 그 시절에 내가 글을 쓰는 방식이었다.

나뿐만 아니라 실제로 많은 사람들이 이와 같은 구성으로 글을 쓴다. 시작부터 핵심적인 주장을 내놓는다는 게 왠지 어색하다. 처음에는 으레 위대한 사상가나 철학자의 명언 한마디를 인용하거나 아니면 고사의 한 토막을 소개해야 할 듯싶다. 그래야 독자에게 부담을 주지 않으면서 시선을 붙들어놓을 수 있을 것 같다. 그렇게 분위기를 잡은 후, 근거와 배경을 차분히 설명하고 나서야 자신의 주장을 마지막에 결론으로 제시한다. 고전적인 방식이다.

이러한 방식의 글쓰기는 과연 만고불변의 법칙일까? 요즘 같은 세상에서는 꼭 이러한 방식을 고집할 필요가 없다는 생각이다. 이제는 서론·본론·결론의 도식적인 구성에서 벗어나 다양한 형식으로 글을 써볼 필요가 있다. 특히 사람들이 SNS를 통해 활발하게 소통하는 시대다. 너 나 할 것 없이 주목도가 높은 글을 쓰기 위해 애쓰고 있다. 틀에 얽매인 글로는 다른 사람들의 시선을 붙잡기 어려운 게 사실이다. 시대에 걸맞은 다양한 시도로 기존의 형식을 파괴해보자.

일단 모두가 바쁜 세상이다. 남의 글을 차분히 읽어주기에는 내 시간이 너무 부족하다. 하루에도 기본적으로 소화해야 할 정보의 양이 엄청나다. 글을 쓴 사람이 무엇을 주장하는지 알고 싶기는 하다. 그런데 마우스 휠을 세 번 돌릴 정도까지 주장이 등장하지 않는다면, 인내심에 한계가 올 수도 있다. 가능하면 주장을 전면에 내세워야 한다. 그것은 핵심카피일 수도 있고 글의 결론일 수도 있다. 어쨌든 제일 중요한 핵심을 앞에 배치할 필요가 있다. 한 꼭지의 글만 그래야 하는 것은 아니다. 하나의 문장도 마찬가지다. 다음과 같은 문장이 있다고 하자.

올해는 주택 등 부동산가격이 불안정하고 생활필수품 등 물가의 불안도 심화되고 있으며, 소득 상위계층과 하위계층의 양극화현상도 더욱 가속화되고 있어 우리 서민들의 생계가 더욱 나빠질 것으로 전망되고 있다.

아주 긴 문장은 아니지만 그래도 호흡은 가쁜 편이다. 여러 번 이야기했듯이 가능하면 문장을 끊어주는 것이 좋다. 이렇게 바꾸면 어떨까?

고친 후

주택 등 부동산가격이 불안정하고 생활필수품 등 물가의 불안도 심화되고 있다. 소득 상위계층과 하위계층의 양극화현상도 더욱 가속화되고 있다. 그래서 올해는 우리 서민들의 생계가 더욱 나빠질 것으로 전망되고 있다.

나쁘지 않은 문장이다. 일단 호흡이 짧으니 읽기에 편하다. 이 문장 역시 결론은 마지막에 등장한다. 그런데 이 문장이 가장 강조하려는 대목은 무엇일까? 서민들의 생계가 더욱 나빠질 것이라는 결론이 아닐까? 그렇다면 이것을 앞세워보자.

고친 후

올해는 우리 서민들의 생계가 더욱 나빠질 것으로 전망되고 있다. 주택 등 부동산가격이 불안정하고 생활필수품 등 물가의 불안도 심화되고 있다. 소득 상위계층과 하위계층의 양극화현상도 더욱 가속화되고 있다.

결론을 먼저 제시하고 그 이유를 나중에 서술하는 방식이다. 사례를 먼저 나열한 후 주장을 이야기하지 않는다. 주장을 먼저 내놓고 그것을 뒷받침하는 사례를 차례로 열거한다. 나는 아무래도 이 방식이 좋다. 미괄식보다는 두괄식이 각광받는 시대이다. 물론 이것은 취향의 문제일 수도 있다. 비슷한 경우를 몇 가지 더 살펴보자.

"이제 우리 ○○시 산하에 있는 지방공기업과 지방공공단체의 전문성과 자원을 하나로 결합하여 효율적이면서도 체계적인 통합지원시스템을 구축하겠습니다."

이 문장을 위에서 말한 방식으로 바꾸어보면 어떻게 될까?

고친 후

"이제 효율적이면서도 체계적인 통합지원시스템을 구축하겠습니다. 이를 위해 우리 ○○시에 소속된 지방공기업과 지방공공단체의 전문성과 자원을 하나로 결합하겠습니다."

또 하나의 사례다.

한국의 기업은 계약에 있어 모든 것을 이행하고 항상 플러스알파를 이행하고 있다. 리비아 대수로 공사를 했을 때 그 뒤 수로관 일부가 파열돼 보수공사를 이행하는 데 있어 계약 내용 이상의 보수를 했던 기록이 있다. 여러분이 유럽에서 TV를 주문하면 주문에서 도착, 설치하는 데 며칠이 걸릴 것이다. 그러나 한국은 오전에 주문하면 그날 모든 것이 가능해 TV를 시청할 수 있다. 한국에서는 사무실에 컴퓨터 시스템을 주문하면 바로 다음 날 작동할 수 있도록 밤샘 작업이라도 해준다.
같은 값이면 한국제품이 낫고, 값이 좀 비싸더라도 한국제품이 제 값어치를 한다. 지금도 한국 근로자들은 가장 많은 시간을 일하고 있다. 한국을 기억해 달라. 한국의 성실하고 책임 있는 기술인들을 기억해 달라.

2006년 5월 두바이를 방문했을 당시 노무현 대통령이 경제인들을 대상으로 했던 연설이다. 한국기업의 강점을 하나하나 사례로 열거한 뒤 끝에 가서 호소하는 순서다. 이런 경우도 앞뒤를 한번 바꾸어보자. 한국기업의 강점을 먼저 정의하고 그 구체적 사례를 하나하나 예시하는 것이다.

고친 후

같은 값이면 한국제품이 낫고, 값이 좀 비싸더라도 한국제품이
제 값어치를 한다. 지금도 한국 근로자들은 가장 많은 시간을
일하고 있다.

한국의 기업은 계약에 있어 모든 것을 이행하고 항상 플러스알
파를 이행하고 있다. 리비아 대수로 공사를 했을 때 그 뒤 수로
관 일부가 파열돼 보수공사를 이행하는 데 있어 계약 내용 이상
의 보수를 했던 기록이 있다. 여러분이 유럽에서 TV를 주문하
면 주문에서 도착, 설치하는 데 며칠이 걸릴 것이다. 그러나 한
국은 오전에 주문하면 그날 모든 것이 가능해 TV를 시청할 수
있다. 한국에서는 사무실에 컴퓨터 시스템을 주문하면 바로 다
음 날 작동할 수 있도록 밤샘 작업이라도 해준다. 한국을 기억
해 달라. 한국의 성실하고 책임 있는 기술인들을 기억해 달라.

이런 방식으로 문단의 앞과 뒤를 바꾸면 강조하고자 바가 두드러
지는 효과를 볼 수 있다. 한 가지 사례를 더 살펴보자.

터키와 한국은 반세기 전, 자유민주주의와 평화를 지키기 위해
함께 싸운 혈맹이다. 터키는 한국전에 미국, 영국에 이어 세 번

째로 많은 연인원 1만 5,000명에 가까운 병력을 파견했다. 터키 용사들의 고귀한 헌신이 오늘의 대한민국을 만드는 밑거름이 되었다고 생각하며, 깊은 감사의 말씀을 드린다.

앞과 뒤를 바꾸어 써보자.

고친 후

반세기 전, 터키 용사들의 고귀한 헌신이 오늘의 대한민국을 만드는 밑거름이 되었다. 터키와 한국은 자유민주주의와 평화를 지키기 위해 함께 싸운 혈맹이다. 터키는 한국전에 미국, 영국에 이어 세 번째로 많은 연인원 1만 5,000명에 가까운 병력을 파견했다. 깊은 감사의 말씀을 드린다.

글을 쓰는 방식은 다양하다. 형식을 파괴해도 무방하다. 그런 만큼 정답은 없다. 결론을 앞과 뒤 어디에 둘 것인가? 선택은 취향의 문제일 수도 있다. 나는 다만 주장을 더욱 명확히 드러내는 방법을 이야기하는 것이다. 자신의 주장을 부각시키기 위해서는 무엇보다 선택과 집중이 중요하다. 다양한 글을 접하다 보면 선택과 집중을 가로막는 요인을 몇 가지 발견하게 된다. 대강 정리하면 다음과 같다.

① 지나치게 많은 메시지

② 백화점식 구성

③ 기형적으로 많은 서론

④ 주장에서 시작해서 주장으로 끝나는 글

⑤ 과도한 예화나 사례

　예화나 사례가 지나치게 많아도 전달하려는 메시지에 영향을 준다. 한두 가지로 그치는 게 좋다. 서론이 긴 글도 금물이다. 청와대에서 일하던 시절, 나는 '국정일기'라는 칼럼을 써서 노무현 대통령의 동정이나 에피소드를 바깥에 알리곤 했다. 그 원고는 사실 대통령의 결재를 받지 않아도 무방했다. 내 이름으로 내보내는 글이기도 했거니와, 대통령 또한 '보고 들은 대로 쓰기만 하면 된다.'고 지침을 주었기 때문이다. 그래도 가끔은 글을 내보내기 전에 일독을 권해드리기도 했다. 그럴 때마다 그는 한 가지 지적을 단골메뉴처럼 되풀이했다. '서론이 너무 길다'는 것이었다. 어쩌면 성격의 차이에서 비롯된 지적일 수도 있다. 나는 본론을 이야기하기까지 뜸을 많이 들이는 편이었다. 강한 주장을 도입부에 직접적으로 들이미는 게 조심스러웠다. 노무현 대통령은 달랐다. 하고 싶은 말을 먼저 강하게 주장하는 캐릭터였다. 편지를 예로 든다면 그 흔한 계절인사를 생략하고 곧바로 본론으로 들어가는 스타일이다. 그로부터 영향을 받은 탓일까? 나도 지금은 서론을 줄이려고 꽤 노력하는 중이다.

　수사가 지나치게 많아도 전달하려는 메시지의 초점을 흐릴 수 있다. 수사는 적절해야 한다.

저 높은 관악산 위로 붉은 태양이 위력을 뽐내며 솟아오르면 이슬에 젖어 있던 서울의 대지가 용트림을 하면서 깨어나기 시작한다.

학생운동을 하던 시절에 수도 없이 써봤을 법한 문장이다. 수사가 너무 많다. 젊은 시절에는 물론 감성이 많고 감정도 풍부하다. 그래서 쓰고 싶은 형용사도 많다. 당연히 수사가 많을 수밖에 없다. 하지만 지나치게 많으면 역시 몰입을 방해하는 요소가 된다. '그래서 도대체 무슨 뜻이란 말인가?' 이런 반문을 듣기 십상이다.

위의 문장도 마찬가지다. 극단적인 한마디로 요약하면 '서울의 아침이 밝았다.'는 것이다. 이 뜻이 쉽게 전달되지 않았다면 이 문장은 실패다. 역시 자원의 낭비다.

두 대통령의 취임사

2017년 5월의 어느 날, 언론에 이런 기사가 났다. 기사 내용 일부를 인용한다.

> **"낮은 사람, 겸손한 권력" 문재인 취임사는 누구 작품?**
> - 취임사 짧고 담담하지만 '인간 문재인'과 정부 지향점까지 담아
> - "불가능한 일을 하겠다고 큰 소리 치지 않겠습니다. 잘못한 일은 잘 못했다고 말씀드리겠습니다. …낮은 사람, 겸손한 권력이 돼 가장 강력한 나라를 만들겠습니다."

문재인 대통령의 취임 선서가 잔잔한 파장을 불러왔다. SNS(소셜네트워크서비스)에선 전문 공유가 제법 이뤄진다. '좋은 글'이라는 댓글도 달린다.

분량은 짧고 문장은 군더더기 없이 간결했다. 그러면서 문 대통령의 성품과 생각을 잘 담아냈다. 동시에 문재인정부의 국 정철학과 비전으로 자연스레 연결시켰다. 이렇게 담백하면서 강력한 글에는 윤태영 전 청와대 대변인 역할이 컸다.

11일 정치권에 따르면 문 대통령은 참여정부 청와대에서 눈여겨본 윤 전 대변인에게 취임 선서식에 읽을 '국민께 드

리는 말씀' 작성을 맡겼다. 윤 전 대변인이 쓴 초안을 문 대통령이 최종 수정해 빛을 봤다. 윤 전 대변인은 머니투데이 더 300(the300)과 통화에서 "초안을 썼을 뿐"이라고 말을 아꼈지만 정치권 주변에선 문 대통령과 윤 전 대변인의 호흡이 흔하게 나오기 어려운 연설문을 탄생시켰다고 높이 평가하고 있다.

규모와 표현, 담고 있는 내용 모두에서 일반적인 취임사와 달랐다. 형식면에선 간결한 취임식이라는 취지에 부합했다. 653개 낱말로 이뤄져 200자 원고지 20매가 채 되지 않았다. 시간은 약 13분으로 전직 대통령들보다 짧았다. 글 자체를 명문으로 만들기 위해 힘을 주기보다는 때와 장소에 걸맞았다는 점에서도 높이 평가된다.

'인간 문재인'도 글에 담겼다. 글은 전문가가 쓰더라도 이를 말하는 것은 결국 대통령 본인이다. 이번 취임사는 문 대통령의 평소 성품을 과장하거나 위축시키지 않고 잘 드러냈다. 화려함보다는 담백함을, 절차보다는 내실을 따지는 것이다.

(하략)

(〈머니투데이〉, 김성휘 기자, 2017.05.11)

나에게는 좋은 기사였다. 관련 기사의 댓글을 읽던 중 뼈아픈 지적을 받기도 했다. '고스트라이터(ghostwriter)가 왜 이름을 드러내는 것이냐?'는 지적이었다. 백번 옳은 지적이었다. 사실

나는 문재인 대통령의 취임사 초안을 정리한 사람에 불과한 것
이다. 취임사의 내용은 오롯이 문재인 대통령의 것이다. 나는
문 대통령이 후보 시절에 가져왔던 생각과 해왔던 이야기들을
취재하고 모아서 정리했을 뿐이다. 그 후로는 '내가 초안을 썼
다.'라고 결코 말하지 않는다. '그냥 정리했다.'고 이야기한다.

　이 취임사 이야기를 꺼낸 데는 다른 이유가 있다. 문재인 대
통령의 취임사는 사람들로부터 꽤 좋은 평가를 받았다. 나 역시
주변의 여러 사람들로부터 '취임사가 괜찮다.'는 이야기를 많이
들었다.

　문재인 대통령의 취임사 초안은 꼬박 닷새에 걸쳐 준비한 것
이다. 선거일을 열흘쯤 앞두었을 무렵, 후보 비서실의 양정철
부실장이 나에게 관련 자료를 전달하며 정리해달라고 요청해
서 일이 시작되었다. 당선되면 곧바로 메시지가 필요하다는 것
이었다. '취임사'라는 이야기는 없었다. 그때만 해도 당선되면
취임식을 어떻게 치르게 될지 예측할 수 없는 상황이었다. 전직
대통령의 탄핵으로 급작스럽게 치러진 선거인 데다가 인수위
도 없이 취임해야 했기 때문에 행사에 대한 예측이나 추론이 전
혀 불가능했다. 공식적인 취임식은 한참 후의 일이라고 나는 막
연히 생각했다. 한 달여쯤 후에 장차관도 임명하고 외교사절도
초청한 가운데 국회의사당 앞마당 같은 곳에서 진행될 것으로
생각했다. 당선이 확정된 다음 날은 약식으로 취임선서행사만

하지 않을까 추측하는 정도였다. 그런데 뜻밖에도 선거일 바로 다음 날 공식 취임식이 치러진 것이다.

아무튼 나는 완성한 초안을 선거일에 임박해서 후보 비서실에 넘겼다. 연설문 팀에서도 수정이 이루어졌고 또 대통령 당선자도 마지막까지 원고를 꼼꼼하게 다듬었다고 한다. 그런데 나는 문 대통령이 당선되는 시점까지도 이 초안이 수정되어 취임사로 활용될 것이라고는 전혀 예상치 못하고 있었다. 당선이 확정되어 문 대통령이 광화문 행사에 참석해 연단에 올랐을 때, 이 초안이 대국민 메시지로 활용될 수도 있겠다고 생각하는 정도였다. 그러나 추측과는 달리 광화문 현장에서는 달리 준비된 메시지가 있었다. 나는 내 초안이 킬(kill)되었다고 생각했다. 정치권에서는 흔히 있는 일이었다.

정치권 바깥에 있을 때에도 나는 이런저런 원고를 써달라는 부탁을 여러 차례 받아보았다. 그런데 발주하는 측은 위험 부담을 줄이기 위해 동일한 과제를 여러 사람에게 부탁하기도 한다. 그런 경우에 내가 쓴 원고가 '킬'되는 것은 시쳇말로 일도 아니다. 오히려 비일비재하다. 설령 나에게만 부탁했다 해도 관계자나 당사자가 수정을 거듭하다 보면 원래 초안과는 전혀 다른 글이 완성될 수도 있다. 어쨌든 나는 이러저러한 이유로 내 초안이 사라진 것으로 생각하고 있었다. 그런데 다음 날 국회에서 취임식이 열린다고 하더니, 문재인 대통령이 내 초안에 바탕을

둔 원고로 취임사를 하는 것이었다. 반응도 나쁘지 않았다. 그런 반응을 접하자 내 상념은 14년 전 노무현 대통령이 취임하던 시절로 되돌아갔다.

당시에는 물론 인수위원회가 있었다. 취임사준비위원회도 있었다. 지명관 KBS이사장을 포함하여 각계의 전문가들을 모셨다. 시간도 충분했다. 두 달여 동안 콘텐츠를 정리하고 후보와도 수차례 토론한 끝에 최종 문안이 완성되었다. 정리 집필 역할을 맡은 네 사람이 마지막으로 문구를 정리하기 위해 모였다. 우선 당시에는 당선자 대변인이었고 지금은 국무총리인 이낙연 의원이 있었다. 그는 동아일보 시절부터 필력으로 이름을 날린 기자 출신이었다. 다음은 소설가 출신 정치인인 김한길 의원. 거기에 김대중 정부의 청와대에서 줄곧 연설을 써왔고 그후 참여정부에서 연설비서관을 지낸 강원국 씨가 있었다. 그리고 내가 작은 힘을 보탰다.

노무현 대통령의 취임사는 이렇게 정통 코스를 밟아서 완성되었다. 분량도 문 대통령의 취임사에 비해 훨씬 많다. 문 대통령의 취임사는 3,000자 정도이다. 이에 반해 노 대통령의 취임사는 5,000자가 넘는다. 그런데 노무현 대통령의 취임사는 기대만큼 큰 반향을 불러일으키지 못했다. 더 많은 공력을 들였는데 왜 이런 결과가 나온 것일까?

곰곰이 생각해본 끝에 나는 나름의 결론을 내렸다. 노무현 대통령의 취임사는 정통 코스에 따라 작성된 만큼 당연히 의례적인 내용들을 갖추어야 했다. 즉 마땅히 담아내야 하는 콘텐츠와 표현들이 상당히 많았다. 그래도 미처 담아내지 못한 표현이 있었다. 참여정부는 임기 내내 사패산·천성산 터널, 방사성폐기물처리장, 새만금 등의 문제로 환경단체와 갈등을 많이 겪었다. 그럴 때마다 환경단체에서 참여정부를 비판하는 레토릭이 있었다. 대통령 취임사에 '환경' 두 글자가 들어가지 않았다는 이야기였다. 말하자면 '환경'에 관심이 없는 정부라는 비판이었다.

실제로 취임사를 찾아보니 '환경' 두 글자가 있기는 했다.

"대외 경제 '환경'도 어려워지고 있습니다. 선진국들은 끝없이 새로운 영역을 개척하며 뻗어가고 있습니다. 후발국들은 무섭게 추격해옵니다. 우리는 새로운 성장 동력과 발전 전략을 요구받고 있습니다."

이것은 물론 흔히 말하는 '환경'이 아니었다. 어찌어찌하다 보니 '환경'이라는 단어가 빠져 있는 것이었다. 의도한 것은 물론 아니었다.

이 해프닝을 역으로 해석하면 노 대통령의 취임사가 갖는 한계를 미루어 짐작할 수 있다. 결국 마땅히 담아내고 언급해야 할 내용이 너무 많은 것이었다. 문재인 대통령의 경우는 상대적으로 비상한 상황에서 취임한 만큼 많은 것이 달랐다. 대통령이 모든 방면에 걸쳐 깨알 같이 국정목표를 밝히기는 어려운 형편이었다. 결국 탄핵과 보궐선거라는 특이한 환경이 있었기에 대통령의 취임사는 선택과 집중을 제대로 할 수 있었던 것이다.

"규모와 표현, 담고 있는 내용 모두에서 일반적인 취임사와 달랐"고 "형식면에선 간결한 취임식이라는 취지에 부합했다"는 기사 내용도 이 점을 말해주고 있었다. 나는 바로 이 지점이 좋은 글을 만들기 위한 바탕이라고 생각한다. 무엇보다 우선, 일반적인 것과의 다름을 추구하면 좋다. 이른바 차별화, 또는 개성 있는 글쓰기가 될 것이다. 두 번째, 간결하면 좋다. 게티스버그 연설의 사례를 다시 언급하지 않아도 되겠다. 세 번째는 내가 가장 강조하고 싶은 팁이다. 명문을 만들기 위해 힘을 주기보다는 일상의 쉬운 언어로 쓰자는 것이다. 애써 명문을 만들려고 무리하게 힘을 주다가 글이 어색해지는 경우를 많이 보았다. 그럴 필요 전혀 없다. 힘을 쫙 뺀 상태에서 이해하기 쉽고 편한 낱말들로 글을 써보자. 그것이 시작이고 또 끝이다.

하나 마나 한 말에서 탈출하자

노무현 대통령은 애드리브를 자주 구사했던 정치인이다. 때때로 그의 애드리브는 좌중을 유쾌하게 만드는 긍정적 역할을 했다. 타고난 유머감각에 순발력까지 갖추고 있어서 뜻밖의 애드리브가 가라앉은 분위기를 반전시키기도 했다.

우리 정통부 장관이 《블루오션》이라는 책을 한 개 들고 왔어요. 보니까 영어에요. 한글로 줘도 읽을 시간이 없는데…… 내가 언제 사전 찾아봐가면서…… 안 읽었어요.

(신임사무관과의 대화, 2005년 11월 9일)

반대로 그의 애드리브는 정치적 상대방으로부터 공격을 받는 소재이기도 했다. 몇몇 애드리브는 보수언론의 십자포화를 받기도 했다. 임기 말 그는 대통령답지 않은 언어가 낮은 지지도를 불러온 하나의 원인이 되었다며, 일종의 후회를 담아 소회를 피력하기도 했다. 어쨌든 미리 준비한 연설문에 없던 발언은 이래저래 공격의 소재가 되기 쉬웠다. 말이나 글이란 대체로 양면성을 갖기 마련이어서 반대 진영이 악의적으로 해석하여 공격하면 아무런 대책 없이 곤경에 처하는 경우도 있었다.

사실 노무현 대통령의 애드리브는 그의 캐릭터에서 비롯되는 것이 대부분이다. 기본적으로 속내를 드러내려는 편이었다. 머릿속에 떠오른 생각은 곧바로 표현해야 했고, 하고 싶은 말은 묻어두려 하지 않았다. 거기에 한 가지 더 중요한 요인이 있다. 바로 하나 마나 한 이야기를 몹시 싫어하는 성격 때문이다.

다른 책에서 소개한 적이 있는데, 후보경선을 준비하던 캠프에 갓 들어갔을 무렵의 일화다. 당장 외부에 기고해야 할 두 건의 원고가 있었다. 다른 정치인을 보좌하던 시절 숱하게 해본 일이었다. 여느 때와 다름없이 나는 스스로 내용을 구상하여 원고를 작성한 다음 대면보고를 했다. 당시 노무현 해양수산부장관이 마침 캠프 사무실에 들렀을 때였다. 당연히 흔쾌하게 결재해줄 것으로 나는 기대했다. 그런데 그의 반응이 뜻밖이었다. 첫 번째 원고를 다섯 줄 정도 읽더니 내게 이렇게 말하는 것이었다.

"이건 자네 글이지. 내 글이 아닐세."

순간 적지 않은 충격을 받았다. 10여 년 이상 정치권에서 글을 쓰는 동안 제법 잘한다는 평을 들었던 나였다. 이렇게 몇 줄의 글에 결재가 거부된 경우는 처음이었다. 그로부터 7년 전인 1994년, 그의 첫 자서전인 《여보, 나 좀 도와줘》를 펴낼 때 구술 작업을 함께했던 경험이 있긴 했다. 글이나 말에 관한 한 무척 까다로운 정치인이라는 사실을 그때부터 익히 알고 있었다. 그러고 나서 이런 일을 다시 겪게 되자 그를 다시 볼 수밖에 없었다. 그에게는 자신만의 언어가 있었다. 자신만의 철학이 있었다.

그가 내 원고를 쉽게 수용하지 않았던 이유는 무엇일까? 그때는 사실 당황스럽기도 해서 그 이유를 제대로 따져보지 못했다. 다시 오랜 시간을 보내면서 생각에 생각을 거듭하다 보니 그 이유를 나름대로 추측할 수 있게 되었다.

내가 생각하는 첫 번째 이유는 무엇보다 '쓸데없는 군더더기'다. 내용 없이 휘황찬란한 수사나 의미 없는 미사여구도 여기에 포함된다. 그런 스타일의 문장이나 글을 그는 선호하지 않았다. 당시의 나는 학생운동을 하던 시절과 그다지 다르지 않은 글쓰기를 하고 있었다. 쓰는 글마다 본질을 흐리는 수사들이 가득했다. 알맹이가 없는 의례적인 수사들이었다.

두 번째는 하나 마나 한 이야기다. 어쩌면 이것이 더 큰 이유일 수도 있다. 자신이 아닌 다른 사람의 글을 쓸 때 자주 범하는 오류이기도 하다. 사실 다른 사람의 글을 대신 쓰게 되면 정말 이야기하고 싶은 내용이 무엇인지를 먼저 취재해야 한다. 그 내용을 바탕으로 전체의 글을 완성해나가야 한다. 그런데 대부분의 경우 그렇게 취재하기가 쉽지 않다. 특히 바쁜 정치인의 경우에는 더욱 그렇다. 쓸거리를 물어볼 여유가 없다. 그러면 그냥 이제까지 해왔던 말이나 글들을 참고로 새로운 원고를 작성하게 된다. 때로는 취재할 시간은 가졌지만 쓸거리에 대한 대답을 끝내 듣지 못하는 경우도 있다.

이럴 경우 대필자, 즉 고스트라이터는 타협하거나 절충하게 된다. 어떤 주장을 강하게 내세우기보다는 만인이 공감할 내용으로 원고를 채우는 것이다. 만인이 공감할 이야기란 어떤 것일까? '봄이 지나면 곧 여름이 오고 그러면 무척 뜨거운 날들이 계속될 것이다.' 극단적으로 말하면 이런 글이다. 만고불변의 진리나 당연한 명제들을 풀어가는 것이다. '우리가 헤쳐 나가야 할 산은 높고 건너야 할 강은 깊습니다.' 얼핏 멋있어 보이지만 사실 내용은 별로 없는 문장이다. 중요한 것은 산과 강을 어떻게 넘고 건널 것인가의 문제다. 그런 주장이나 해법도 없이 일반론만 서술하게 되면 결국 하나 마나 한 이야기가 된다. 역시 자원의 낭비다.

그런 차원에서 보면 나 역시 하나 마나 한 이야기를 많이 써온 편이었다. 특히 동창회보 같은 잡지에 기고문을 쓸 때면, 반드시 계절인사를 넣곤 했다.

싱그러운 신록이 짙은 초록빛을 띠면서 이제 계절은 봄의 한가운

대로 성큼 달려가고 있습니다. 4월은 우리에게 언제나 생명의 기쁨으로 다가옵니다.

만산에 형형색색의 단풍이 어우러지면서 어느덧 계절은 늦가을 속에 와 있습니다. 곧 추운 겨울을 준비해야 할 11월입니다.

이러한 계절인사는 사실 해도 그만, 안 해도 그만이다. 반드시 채워야 하는 지면이 있다면, 그런데 도저히 써넣을 말이 없다면 이런 계절인사를 해도 무방하겠다. 그런데 하고 싶은 이야기가 넘쳐나고 있는데도 이렇게 한가롭게 계절인사를 하는 것이라면 권장할 만한 일은 아니다.

어린 시절에 독후감을 쓸 때가 기억난다. 숙제로 독후감을 써내야 되면 나는 반드시 읽은 책의 줄거리를 먼저 길게 썼다. 때로는 독후감 전체에서 줄거리 소개가 차지하는 분량이 3분의 2를 넘은 적도 있었다. 사실 독후감은 줄거리를 쓰는 마당이 아니다. 그렇듯이 모두가 아는 기정사실을 글에서 다시 한 번 확인해야 할 필요는 없다.

노 대통령은 하나 마나 한 이야기를 글로 쓰는 것을 무척 꺼렸다. 다 알고 있는 이야기를 말하는 것도 싫어했다. 바로 이런 성격 때문에 애드리브가 나오게 된다. 과정은 이렇다.

대통령이 참석하는 행사는 한 달 전 즈음부터 확정된다. 그때부터 연설비서관실은 대통령의 연설을 준비한다. 때로는 대통령이 연설팀을 불러 행사에서 전달하려는 주요 메시지를 직접 구술한다. 규모가 작은 행사의 경우 연설기획비서관이 중간에서 메신저 역할을 하기도 한다. 초고가 완성되면 연설팀은 청와대 문서관리시스템인 이지원을 통해 대통령에게 직접 보고한다. 대통령은 밤늦도록 문서를 검토한다. 연설문의 경우, 대통령이 직접 마무리 수정을 하기도 한다. 수정할 내용이 많아지면 연설팀에 다시 돌려보낸다. 그런 과정을 거쳐 완성본이 만들어진다. 그것이 행사 당일에 낭독할 원고다.

행사일이 되면 의전비서실은 준비된 원고를 휴대하기 알맞은 크기로 출력한다. 종이도 두껍고 활자도 20포인트가 훨씬 넘는다. 일반 A4용지처럼 얇으면 현장에서 자칫 실수로 한 번에 두 장을 넘길 우려가 있다.

그렇게 만반의 준비를 다한 후 행사 현장에 갔는데 예기치 못한 일이 가끔 발생한다. 행사장에서의 연설은 대통령이 주빈인 만큼 가장 늦게 마지막으로 하는 경우가 대부분이다. 대통령의 앞 순서로 해당 기관장이나 관련 협회장이 연설하는 것이다. 문제는 여기서 발생한다. 대통령과 연설팀이 심혈을 기울여 작성한 원고이지만, 앞의 연사가 그 내용을 먼저 이야기해버리는 경우가 종종 있다. 물론 의도적인 것은 아니다. 그들의 입장에서도 최선의 연설을 준비하는 것이 당연하다. 대통령이 다음 순서라는 이유로 알맹이 없는 연설을 할 수도 없는 노릇이다.

심한 경우에는 준비한 원고 가운데 절반 이상이 중복될 때가 있다. 그럴 때 노무현 대통령은 과감히 원고를 덮었다. 다른 사람이 이미 이야기한 내용을 되풀이할 필요가 없기 때문이다. 여기서 애드리브가 등장한다. 행사 현장에서 직접 보고 느낀 점을 바탕으로 즉흥연설을 하는 것이다. 즉흥연설은 나름의 강점이 있다. 현장의 생생한 이야기가 연설로 소화되기 때문에 듣는 사람들의 입장에서는 재미도 있고 공감대가 높다. 그러나 문제는 실수할 가능성이다.

다시 본론으로 돌아가자. '뻔하다'는 이유로 그 모든 것을 하나 마나 한 이야기로 돌릴 필요는 없다. 같은 내용이라도 앞뒤 문맥에 따라서는 반드시 필요한 이야기일 수도 있다.

이기려면 골을 넣어야 합니다.

축구 해설자가 이런 말을 했다고 하자. 과연 하나 마나 한 이야기인 것일까? 물론 아무런 상황도 벌어지지 않았는데 불현듯 이렇게 말했다면 그런 평을 들을 만하다. 그런데 경기하는 팀이 슛을 계속하고 있지만 골 결정력이 부족해 보일 때 이런 말을 했다면 어떨까? 사람들은 '골 결정력'을 강조하는 말로 새겨들을 것이다.

마찬가지로 '산은 높고 바다는 넓다.'라는 말이 있다고 하자. 평소라면 이것 역시 하나 마나 한 이야기의 하나로 들릴 수 있다. 그런데 우물 안 개구리처럼 사는 사람에게 인생의 스승이 훈계하는 이야기로 활용되었다면 어떨까? 상당히 의미 있는 한마디로 해석될 수 있다. 주어진 환경에 순응해서 살지 말고 높은 산, 넓은 바다에 도전하라는 의미가 될 수도 있다.

관련하여 노 대통령 이야기를 한 가지만 더하자. 대통령으로 재임하는 동안, 또 퇴임한 이후에도 그는 어딘가를 방문하게 되면 방명록에 서명해야 했다. 식사하기 위해 들르는 식당도 예외가 아니었다. 서명해달라는 요청이 으레 있었다. 베트남 하노이를 방문했을 당시의 일이다. 시간 여유가 생기자 대통령 내외는 조용히 저녁식사를 하기 위해 숙소 외부로 나와 식당을 찾았다. 식사가 끝나자 지배인이 방명록에 서명해달라고 정중히 요청했다. 대통령을 보좌하는 동안 나는 그 방명록 서명문구의 초안을 올려야 하는 담당이었다. 다만 내가 올린 초안대로 대통령이 방명록에 쓴 적은 단 한 차례도 없었다. 그는 언제나 마지막 순간까지 고민에 고민을 거듭한 끝에 독창적인 문구를 썼다. 이제 와서 생각해보면 내가 올린 초안들은 하나같이 하나 마나 한 이야기거나 의례적인 문구였던 것 같다.

앞에서 말한 하노이의 식당에서 그는 이렇게 서명했다.

베트남에서 잠시 황제가 되었습니다.

식당 이름이 '황제'였기 때문이다. 멕시코를 방문했을 당시에는 아즈텍 문명을 전시한 박물관에서 방명록에 서명해달라는 요청을 받았다. 그는 이렇게 썼다.

되살아나기를 기원해봅니다.

누구나 할 수 있는 말은 누구도 설득하지 못한다

다음은 내가 2002년 7월 31일에 쓴 글의 첫머리이다. 그해 4월 새천년민주당 대통령후보 국민경선에서는 노무현 후보가 승리했다. 하지만 6월 13일 치러진 전국동시지방선거에서는 당이 참패했다. 이후 지지도가 떨어지면서 후보로서의 지위가 흔들리기 시작했다. 8월 8일에는 대규모 재·보궐선거가 예정되어 있었는데 역시 전망이 좋지 않았다. 일각에서 '후보교체론'과 '신당론'이 대두되던 시점이었다. 그 무렵 홈페이지에 '참모가 말하는 노무현'을 연재하고 있었는데 이 글은 그 가운데 하나였다. 본격적인 승부는 아직 시작되지 않았으니 패배주의를 경계하자는 취지의 글이었다.

패배주의는 패배로 가는 지름길이다
'후보교체론'이 심심찮게 들린다. 주간지의 여론조사 결과도 당

내 '후보교체론'의 현실을 보여준다. '교체불가'가 52%, '교체해야한다'가 45%. 그냥 못 본 척 넘겨버릴 수만은 없는 수치이다. 거기에 '신당론'까지 수면 위로 모습을 드러내며 가세했다. 8·8 재·보궐선거가 한창인 와중에 '신당'이라니……. 의아한 구석도 없지 않지만 어차피 공론화를 거쳐야 될 일이라면 시기의 부적절성을 따질 필요는 없겠다. 아무튼 국민경선을 통해 탄생한 노무현 후보가 50%를 웃도는 최고의 지지도를 보였을 때만 해도 상상할 수 없었던 일들이 벌어지고 있다. 어지러운 형국이다.

엊그제 정치권, 구체적으로는 어느 국회의원의 사무실에 몸을 담고 있는 선배와 우연히 마주쳤다. 의원회관의 한 귀퉁이에 있는 의자에 앉자마자, 선배는 기다렸다는 듯 말을 쏟아부었다.

"아무래도 안 되겠어."

"굳이 지는 게 뻔한 길을 갈 필요는 없잖아?"

"어제 의원님께서 내 생각을 묻기에, 盧는 안 될 것 같다고 말했지."

"그랬더니, 의원님도 '그렇지' 하면서 고개를 끄덕이더군."

두 개의 인용이 등장한다. 하나는 주간지 여론조사다. 다른 하나는 의원회관에서 만난 선배와의 대화 내용이다. 글의 첫머리인 만큼 예화나 인용은 독자의 관심을 끌기 위해서도 중요하다. 다만 둘 가운데 하나였으면 어땠을까 하는 아쉬움이 남는다. 여론조사에 이어 곧바로 대화가 인용되니 서론이 지나치게 길어진다는 느낌이 든다. 어차피 의미가 유사한 인용이기 때문이다. 다음 이어지는 문단을 보자.

바꾸자고 한다. 바꾸자는 것이다. 이대로는 안 되겠으니, 이길 가능성이 없으니, 바꿔야 되겠다는 것이다. 그래야 희망이 있다는 것이다. 나도 잘 알고 있다. 우리나라 사람들 원래, 새로운 물건, 새로운 사람 좋아한다는 것쯤은. 그런데 왜 그렇게 '3김과 3김 시대'는 수십 년 동안이나 바꾸지 못했는지…….

정말 죄송하지만, 축구 이야기 한 번 더 해야겠다. 감독으로 부임한 지 얼마 안 된 히딩크가 프랑스에 5:0으로 참패했을 때, '굳이 지는 게 뻔한 길을 갈 필요는 없잖아?' 하는 판단으로 '교체'를 단행했다면, 지난 6월 우리는 과연 '대한민국에 태어난 것을 자랑스러워하고 있었을까?' 의문으로 남는 대목이다.

분명한 것은 이 이방인 감독이 일순간의 승리에 연연하지 않으면서 그 모든 역량과 훈련을 2002 월드컵에 맞추어 기획하고 조직해왔다는 사실이다. 그것은 노 후보도 마찬가지 아닐까? 대선까지는 아직 4개월여가 남았다. 결코 낙관적이고 안이한 판단이 아니다. 지금의 지지율보다 백번 더 중요한 것은 바로 12월의 승리이다. 어쩌면 노 후보는 올 겨울의 승리를 위해 이 여름의 소나기를 몸을 낮추어 피하고 있는 것인지도 모른다.

짤막하게 상황을 설명하는가 싶더니 다시 히딩크 감독에 대한 이야기를 화제로 올린다. 그것도 '정말 죄송하지만'이라는 단서까지 덧붙여놓았다. 죄송할 정도라면 실제로 하지 않는 게 좋지 않았을까? 이 정도 되면 주장이나 설명보다는 인용이나 예화가 너무 많다는 느낌이 들기 시작한다. 다음으로 넘어가면 문제가 더욱 심각해진다.

며칠 전 홍보 콘셉트를 도출하기 위해 FGI(심층 그룹 인터뷰)를 하는 현장을 찾았다. 40대의 자영업자들과 주부들은 하나같이 '민주당'이라는 이름 앞에서 고개를 설레설레 흔들고 있었다. 한나라당 성향 사람들의 큰 목소리 앞에서 민주당 성향의 사람들은 말꼬리를 흐렸다. "기대했었는데, 정말 실망이다.", "정말, 김대중 대통령, 잘할 거라고 생각했었는데, 부끄럽습니다." 그 사람들은 이제 민주당이 무슨 장밋빛 청사진을 내놓아도 믿을 것 같지 않았다. 아니 믿으려 노력할 것 같지도 않았다.

그 사람들의 머릿속에서 '노·창' 대결구도는 씨앗도 뿌려지지 않은 상태였다. 더 구체적으로 말해서, 그 사람들이 생각하는 '정치의 링' 위에는 이회창 후보와 노무현 후보 외에 한 사람이 더 있었다. 김대중 대통령이었다. 이회창 후보로부터 숱하게 공격을 당해 그로기 상태에 있으면서도 김 대통령은 여전히 링 위에 남아 있었다. 문제는 사람들의 관심이 그곳에만 집중되어 있다는 것이었다. 노무현 후보가 아무리 '파이팅'을 외쳐도 그것은 아직 공허

한 메아리일 뿐이었다.

이번에는 FGI 현장에서 접한 이야기가 이어지고 있다. 물론 위의 '선배'와는 어떤 면에서 대척점에 서 있는 사람들이지만 '대화'의 내용이 계속 인용되고 있다. 이 지점까지의 내용을 살펴보면 필자의 순수한 설명이나 주장이 전체 가운데 절반을 넘지 못하고 있다. 예화나 인용이 많아 핵심적인 주장이 드러나지 않는다는 문제점도 보인다. 다시 다음으로 넘어가자.

'서영석의 노변정담'은 말한다.
"엄밀한 의미에서 보면 노무현 씨는 민주당의 대통령 후보라고 볼 수가 없다. 특정 정당의 대통령 후보란 무엇인가. 특정 정당이 집권을 위해, 스스로 간판으로 내세운 후보의 당선을 위해 전력투구하고, 없는 당력도 있는 대로 끌어모아 일사불란하게 대통령선거전을 향해 나아갈 때만 대통령 후보란 이름의 의미가 있는 것이다.
후보 진영의 입장에서 당을 탓하고 싶은 마음은 추호도 없지만, 문제는 이 글이 지적하는 바에 정확히 드러나고 있다. 우리는 어쩌면 '전력투구'가 아니라 '시작'조차 하지 않았다는 점이다."
늦었다 싶을 때가 가장 빠른 것이라 했다. 패배주의는 우리의 앞길을 가로막는 분명한 적이다. '노무현 대 이회창' 구도를 향해 서둘러 잰걸음을 옮겨야 한다. '제2의 노풍'은 분명히 있다. 그러나 분명히 명심해야 할 사실이 있다. '제2의 노풍'은 우리가 목이 빠지게 기다린다 해서 다가오는 것이 결코 아니라는 사실, 즉 우리가 '전력투구'할 때야 비로소 그 모습을 드러낼 것이라는 사실이다.

다시 '서영석의 노변정담'이 인용된다. 그것도 긴 글의 인용이다. 결국 이 글 전체에서 필자가 정확하게 자신의 주장을 드러낸 것은 마지막 몇 줄이다. 그 나머지는 예화나 인용, 그리고 그것에 대한 필자의 해설이다. 이래서는 자신의 색깔이나 자기주장을 담은 글로 보기 어렵다. 좋은 글이 아니라는 의미다.

비슷한 인용이나 예화는 최소한으로 줄일 필요가 있다. 그래서 글 전체에서 인용이나 예화가 차지하는 비중이 3분의 1 수준이 넘지 않는 게 좋다는 생각이다.

적절한 예화나 인용은 중요하고도 필요하다. 독자의 지루함을 덜 수 있는 장치이기도 하고, 또 주장의 설득력을 강화하는 밑거름이기도 하다. 다만 적절한 수준에 그쳐야 한다. 그렇다면 왜 과도한 인용이나 예화에 집착하게 되는 것일까?

한마디로 자신의 주장이 부족하기 때문이다. 어쩌면 자기주장에 확신이 없거나 반론을 두려워하는 모습일 수도 있다. 남의 이야기를 빌어 자신의 주장을 대신하는 것이다. 때로는 예화에서 예화로 끝나는 글도 접한다. 자기주장은 거의 없다. 예화나 사례가 설득을 대신할 수는 없다. 그것은 어차피 남의 이야기일 뿐이다. 세상에는 다양한 일들이 존재한다. 주장을 뒷받침하는 인용은 노력하기만 하면 얼마든지 찾아낼 수 있다.

자신의 주장을 논리적으로 전개하는 습관을 들여야 한다. 정말 쉽지 않은 일이다. 하지만 예화나 인용을, 자신의 주장을 담은 글로 바꾸는 연습을 차근차근 해보자. 위의 글을 다시 보자. 마지막 대목에서 '서영석의 노변정담'을 인용하기보다는 그 내용을 필자의 주장으로 새롭게 정리해 배치했으면 어땠을까? 훨씬 짜임새 있는 글이 되었을 것으로 생각한다.

제2장 좋은 문장은
어떻게 쓰고 고치나?

좋은 글은 좋은 문장에서 비롯된다. 문장이 좋아야 전체 글이 살아난다. 문장이 어렵거나 비문이면 글 전체가 주는 느낌도 좋지 않다. 아무리 콘텐츠가 뛰어나도 전달하는 수단이 좋지 않으면 설득력은 절반으로 줄어든다. 문장이 좋아야, 그래서 글이 좋아야 읽는 사람에게 임팩트나 감동을 줄 수 있다.

설날에 세뱃돈을 줄 때의 장면이다. 어떤 사람은 은행에서 교환한 신권을 '복(福)'자가 그려진 봉투에 정성스럽게 담아 세뱃돈을 준다. 반면 어떤 사람은 지갑에서 막 꺼낸 돈을 그대로 준다. 금액이 똑같다면 받는 사람의 입장에서는 큰 차이가 아닐 수도 있다. 그런데 기분이 꼭 그렇지만은 않다. 두 가지 세뱃돈이 주는 느낌은 사뭇 다르다. 말과 글이란 이렇게 내용을 전달하는 수단과도 같다. 정성을 들여 끓인 차를 어떤 그릇에 담아 손님 앞에 내놓을 것인가. 기왕이면 손님이 좋아할 만한 그릇에 담아야 하지 않을까?

어렵거나 장황하거나, 형식을 갖추지 못했거나 잘못된 문장은 메시지의 전달을 방해한다. 쉽고 깔끔하며 군더더기도 없고 올바른 문장이 메시지를 효율적으로 전달한다. 그렇다면 좋은 문장은 어떻게 써야 하는 것일까?

명쾌한 한 문장의 힘

단문을 쓰자. 짧은 단(短) 자 단문이 아니고 홀로 단(單) 자 단문이다. 물론 짧은 문장도 좋다. 실제로 홀로 단 자 단문을 쓰면 짧은 단자 단문이 될 수밖에 없다. 홀로 단 자 단문이란 무엇인가? 사전적 의미로는 '주어와 서술어가 각각 하나씩 있어 이들의 관계가 한 번만 이루어지는 문장'이다. 예를 들어 '나는 학교에 간다.'라고 쓰면 단문이 된다. 단문의 반대는 복문이다. 주어와 서술어의 관계가 두 번 이상 맺어져 있는 문장이다. '산은 높고 바다는 넓다.'가 복문이다.

복문은 다시 여러 가지로 나뉜다. '산은 높고 바다는 넓다.'와 같이 각각의 주어와 서술어가 서로 대등한 문장이 있다. 반면 한 쌍의 주어와 서술어가 문장 안에서 특정한 명사를 수식하는 경우도 있다. 이런 문장을 흔히 포유문이라고 한다. 포유문이 많으면 대체로 이해하기 어려운 글이 될 가능성이 높다. 단문 위주로 가되, 복문을 써야 한다면 가급적 대등절로 이루어진 대구(對句)를 쓰면 좋을 것이다. 포유문은 가끔, 또는 불가피한 경우에 활용하면 될 것이다.

사람들은 대체로 단문을 쓰기 싫어하는 경향이 있다.

나는 학교에 간다.

이렇게 하면 왠지 글을 잘 쓰지 못하는 사람처럼 보이는 것일까?

나는 학교에 가서 친구들을 만나…

뒤에 어떤 표현들이 이어져야 제대로 된 글을 쓴다는 느낌을 갖는 듯싶다. 나 역시 글을 쓰기 시작하던 처음에는 그랬다.

나는 학교에 가서 다정한 친구들을 만나 즐거운 한때를 보냈다.

이런 정도의 길이로 글을 써야 제대로 된 것 같은 느낌이었다. 이런 문장을 단문으로 바꾸면 이렇게 될 것이다.

고친 후

나는 학교에 갔다. 다정한 친구들을 만났다. 즐거운 한때를 보냈다.

위의 글에 비하면 유치하다는 생각이 들 수도 있다. 나도 모든 문장을 이렇게 단문으로 쓰자고 주장하는 것은 아니다. 우리가 주변에서 쉽게 접하는 글에 복문이 너무 많아 이해하기 어렵기 때문에 단문을 쓰자고 이야기하는 것이다. 글을 쓸 때 단문을 기본으로 하되 그 바탕 위에서 복문을 섞어나가자는 취지다. 말하자면 위의 문장을 이렇게 고치는 것이다.

고친 후

- 나는 학교에 가서 다정한 친구들을 만났다. 즐거운 한때였다.
- 학교에 갔다. 다정한 친구들을 만나 즐거운 한때를 보냈다.

이렇게 하면 약간의 리듬감도 살릴 수 있을 것이다.

머리가 띵하다. 몸이 쑤신다. 온몸이 무거워 마치 물에 젖은 솜덩이 같다.

단문을 기반으로 하여 복문을 하나 붙인다면 어떨까? 읽는 사람의 입장에서는 지루함이 덜할 것이다.

단문을 쓰면 무엇보다 비문을 방지할 수 있다. 많은 비문들은 대체로 복문을 자주 사용할 때 나타나는 경향이 있다.

나의 어린 시절은 이다음에 커서 대통령이 되어 어렵고 힘든 사람들을 따뜻하게 보살피는 꿈을 꾸었습니다.

과연 제대로 된 문장일까? 아니면 비문, 즉 문장이 아닌 것일까? 일단 크게 문제는 없어 보인다. 무슨 뜻인지도 그런대로 전달되고 있다. 그런데 가만히 보면 어딘가 어색하긴 하다. 다른 표현은 다 없애고 주어와 서술어만 살펴보자.

고치기 전

나의 어린 시절은 ……꿈을 꾸었습니다.

어린 시절이 꿈을 꾸었다! 문학적 표현일 수도 있겠지만 실제 문법에는 맞지 않는 문장이다. 둘 중 하나로 바꾸는 게 좋겠다.

고친 후

- 나는 어린 시절에……꿈을 꾸었습니다.
- 나의 어린 시절은……꿈으로 물들어 있었습니다.

이렇게 고쳐야 주어와 서술어가 그런대로 호응한다. 그런데 이런 비문은 왜 만들어지는 것일까? 일단 주어와 서술어가 너무 멀리 떨어져 있기 때문이다. 그러다 보니 주어에 호응하지 않는 서술어가 쓰인 것이다. 주어와 서술어가 호응하는지를 확인해보려면 위와 같은 방식을 따르면 된다. 주어와 서술어만 남겨놓고 다른 표현을 생략해보는 것이다.

우리는 은연중에 복문을 쓰는 데 익숙해 있다. 쉽게 고칠 수 없는 습관이다. 극단적인 예를 들어보자.

고치기 전

- 나는 그녀가 좋아하는 강아지가 즐겨먹는 간식이 있는 펫숍에 가는 중이다.
- 그는 어머니가 다니는 병원이 있는 삼거리 너머에 위치한 약국에 들렀다.

복문 중에서도 포유문이다. 그것도 이중, 삼중의 포유문이다. 그래도 실제생활 속에서 사용하는 표현들이 등장하기 때문에 뜻을 이해하는 데에는 큰 어려움이 없다. 그런데 이런 형식의 문장에 쉬운 낱말 대신 추상명사나 사회과학 용어들이 가득 들어차게 된다면 어떻게 될까? 예를 들면 이런 식이다.

고치기 전

한국경제가 직면한 문제는 대중국수출이 주도하는 무역에 의

존하는 구조에 기인한 결과이기 때문에 근본적인 처방이 필요
하다.

얼핏 뜻이 제대로 전달되는 듯싶지만 주장하는 초점이 어디에 있
는지 아리송한 느낌이다. 그러면 위의 문장부터 하나씩 고쳐보자.

고친 후

- 그녀는 강아지를 좋아하는데, 너석이 즐겨먹는 간식이 있다.
그 간식을 사러 나는 펫숍에 가는 중이다.
- 그의 어머니가 다니는 병원은 삼거리에 있다. 그 너머 약국에
그는 들렀다.

그 다음 문장은 어떻게 고치면 좋을까?

고친 후

한국경제는 대중국수출이 주도하는 무역에 의존하는 구조다.
최근 직면한 문제는 이 구조 때문에 발생한 결과다. 그래서 근
본적인 처방이 필요하다.

더 짧게 끊어낼 수도 있을 것이다.

고친 후

대중국수출이 무역을 주도한다. 한국경제는 이 구조에 의존한다. 최근의 문제도 이 구조에서 기인한다. 근본적인 처방이 필요하다.

단문으로 쓰면 호흡이 짧은 만큼 독자의 집중력도 높일 수 있다. 주변에서 쉽게 접하는 포유문을 위의 사례처럼 고쳐보자.

한 문장에서 동일한 단어를 여러 번 반복하지 않는다

- 이 글은 이 시대 서민들이 겪고 있는 힘겨움을 있는 그대로 묘사한 글이다.
- 그 사람은 수십억 원의 돈이 있어도 결코 만족할 수 없는 사람이다.
- 병원에 갈 때마다 나는 우리 동네에 병원이 너무 많다고 생각하게 된다.
- 지난해 수출은 전반적으로 호조세를 보여 수출규모가 6000억 달러를 넘어섰다.

위에서 예시한 문장들은 한 가지 공통된 특징이 있다. 각 문장마다 동일한 낱말이 되풀이되고 있다는 점이다. 각각 '글', '사람', '병원', '수출'이다. 이렇게 한 문장에서 동일한 낱말을 한 번 더 되풀이할 필요가 있을까?

첫 번째와 두 번째 문장의 경우, 주어와 서술어만 남겨놓고 보면 "이 글은 …글이다.", "그 사람은 …사람이다."가 된다. 불필요한 반복이다. 자원의 낭비. 이처럼 한 문장에서 동일한 낱말을 두 번 이상 쓰는 경우가 의외로 많다. 물론 불가피한 경우도 없지 않아 있다. 그럴 때는 어쩔 수 없다. 그래도 가급적이면 동일한 낱말을 되풀이하지 않는다는 원칙을 갖고 쓰자. 이 원칙을 명심하면서 쓰거나 고치면 의외로 담백하고 명료한 글을 만날 수 있다.

그렇다면 위의 글들을 고쳐보자.

고친 후

이 글은 이 시대 서민들이 겪고 있는 힘겨움을 있는 그대로 묘사했다.

서술부의 '글이다'를 살리고 싶다면 어떻게 해야 할까? 그럴 때는 주어를 다른 낱말로 바꾸어야 한다.

고친 후

이것은 이 시대 서민들이 겪고 있는 힘겨움을 있는 그대로 묘사한 글이다.

조금 어색할 수도 있지만, 이것이 또 하나의 방법이다. 나라면 문장을 크게 해체하여 다시 조합하고 싶다. 이러면 어떨까?

고친 후

이 시대 서민들은 힘겨움을 겪고 있다. 그 힘겨움을 있는 그대로 묘사한 글이다.

다음 문장을 보자. 여기에서도 주어나 서술부에 있는 '사람'이라는 낱말 가운데 하나를 없애야 한다. 가장 간단한 방법은 역시 이렇다.

고친 후

그 사람은 수십억 원의 돈이 있어도 만족할 수 없다(또는 '만족하지 못한다').

앞의 '사람'을 빼야 한다면,

고친 후

그는 수십억 원의 돈이 있어도 결코 만족할 수 없는 사람이다.

앞의 사례와 같이 문장의 구조를 완전히 해체했다가 다시 조합해 보자.

수십억 원의 돈이 있어도 결코 만족하지 못할 사람이 있다. 바로 그 사람이다.

같은 방식으로 세 번째, 네 번째 문장도 고쳐보자.

병원에 갈 때마다 나는 우리 동네에 병원이 너무 많다고 생각하게 된다.

앞의 사례와는 조금 다르다. 둘 가운데 하나를 삭제하기가 쉽지 않다. 앞이든 뒤든 '병원'이란 낱말을 빼버리면 문장이 어색해진다. 이럴 때는 어떤 방법이 있을까? 차라리 문장을 끊어주면 좋지 않을까?

병원에 갈 때마다 나는 생각한다. 우리 동네에는 병원이 너무 많다.

이렇게 하면 최소한 한 문장에서는 '병원'이라는 낱말을 되풀이하지 않게 되는 셈이다. 생각을 작은따옴표로 묶는 방법도 있다.

고친 후

'우리 동네에는 병원이 너무 많아.' 병원에 갈 때마다 드는 생각이다.

그래도 굳이 한 문장으로 정리하고 싶다면, 어떤 방법이 있을까? 하나의 절을 과감히 포기하는 게 좋겠다. '병원에 갈 때마다'라는 구절은 없어도 뜻을 전달하는 데 큰 지장이 없다. 더 간략하게 줄인다면 그냥 '우리 동네에는 병원이 너무 많다.'라고 쓰는 것도 좋겠다. '생각한다.'라는 표현을 썼을 때보다 훨씬 자신감이 있어 보인다.

고치기 전

지난해 수출은 전반적으로 호조세를 보여 수출규모가 6000억 달러를 넘어섰다.

'수출'이란 낱말이 두 차례 등장하기는 한다. 하지만 엄밀하게 말하면 단순한 반복은 아니다. 앞의 것은 그야말로 '수출'이고 뒤의 것은 '수출규모'다. 다른 낱말이다. 이런 경우라 하더라도 같은 표현은 가급적 반복하지 않는 게 좋다.

고친 후

지난해 수출은 전반적으로 호조세를 보여 규모가 6000억 달러를 넘어섰다.

이렇게 해도 무방하다. 뜻을 이해하지 못할 사람은 아무도 없을 것이다.

때로는 강조하기 위해서 동일한 낱말을 반복하게 될 때가 있다.

> 저는 앞서, 시장개혁을 말씀드렸습니다.
> 그러나 시장개혁만으로 시장은 개혁되지 않습니다. 시장은 우리의 일상생활 속에 있습니다. 일상생활 속의 생각과 행동이 달라져야 시장이 달라지는 것입니다. 투명하고 공정한 시장을 위해서는 투명하고 공정한 사회문화가 먼저 정착되어야 합니다.
>
> (노무현 대통령, 제238회 임시국회 국정연설, 2003년 4월 2일)

'시장개혁만으로 시장은 개혁되지 않습니다.'라는 문장이 등장한다. 노무현 대통령이 오랜 고심 끝에 만들어낸 카피성 문구이다. 끝 문장에서는 '투명하고 공정한'이 되풀이된다. 중복되는 낱말을 통해 특별히 강조함으로써 시장개혁이 결코 쉽지 않은 과제임을 설명하는 대목이다.

'~을/를'이 늘어날수록 문장은 복잡해진다

'기여를 하다', '고민을 하다', '사랑을 하다'와 같은 표현을 심심치 않게 본다. 왜 '기여하다', '고민하다', '사랑하다'로 쓰지 않는 것일까? 영어로 표현하면 'do ~ing'이다. 영어로는 몰라도 한국어 문장에서는 가급적 피하면 좋겠다. 목적격 조사인 '을', '를'과 함께 이런 서술어가 쓰이면 문장 해독이 어려워질 수도 있다.

예를 들면 '강아지를 사랑을 한다.'라는 표현이다. 목적어에도 '를'이 있고, 서술부에도 또 '을'이 있다. 물론 이렇게 간단한 문장에서는 헷갈릴 일이 없을 것이다. 그러나 조금 복잡한 낱말들로 대체되면 의미를 제대로 전달하기 어렵다.

그렇다면 일반적으로 '~를 하다.'는 식의 표현을 언제 많이 쓸까?

갈등과 고민을 하다.

예측과 전망을 하다.

이처럼 두 개의 명사를 엮어서 서술하는 경우 이런 식의 표현이 등장하곤 한다. 실제로 압축된 문장이기는 하다. 하지만 앞에서 이야기했듯이 이것 역시 목적어와 혼동될 수 있다는 점에서 좋지 않다. 조금 길어지더라도 '갈등하고 고민하다.', '예측하고 전망하다.'로 바꿔주면 좋겠다.

문장 중에 이런 표현이 들어가는 경우도 가끔 접한다.

고민과 결단을 통해

역시 좋지 않은 표현이다. 그냥 '고민하고 결단하여'로 바꾸어주는 게 좋다.

관찰 및 견제를 함으로써

고치는 게 좋다. '관찰하고 견제하여'나 '관찰하고 견제함으로써'로 바꾸면 된다. 조금 더 구체적인 사례로 들어가 보자.

소득불균형 해소 방안이 무엇인지 재경부는 관심을 갖고 깊이 있는 검토를 통해 대책을 마련해야 한다. 그리고 신용사회의 확립을 위한 법과 제도 인프라의 구축도 깊이 있게 검토해야 한다. 상대방의 신용을 쉽게 일별할 수 있게 하는 등 신용사회의 구축을 위한 사회적 시스템을 정비해야 한다.

명사들이 계속 나열되고 있다. 이 글이 논문이라면 크게 문제 삼을 필요가 없겠다. 그런데 이 글이 연설문이라면 명사를 나열하기보다는 동사형으로 쉽게 바꾸어주는 것이 좋겠다.

고친 후

소득불균형을 해소하는 방안이 무엇인지, 재경부는 관심을 갖고 깊이 있게 검토하여 대책을 마련해야 한다. 그리고 신용사회를 확립하기 위한 법과 제도 인프라를 구축하는 방안도 깊이 있게 검토해야 한다. 상대방의 신용을 쉽게 일별할 수 있게 하는 등 신용사회를 구축하기 위한 사회적 시스템을 정비해야 한다.

명사들로만 이루어진 문장보다는 훨씬 매끄럽고 전달력이 좋다. 연설문의 경우는 특히 이렇게 구어체로 바꾸어주는 것이 중요하다.

이제 우리는 4차 산업혁명으로 눈을 돌려야 합니다. 4차 산업혁명에의 면밀한 대비를 통한 신성장동력 확보와 상생번영의 토대 구축에 힘써야 합니다.

역시 딱딱한 명사들이 대부분이다. 역시 동사 형태의 서술로 바꾸어주는 것이 좋다.

고친 후

이제 우리는 4차 산업혁명으로 눈을 돌려야 합니다. 4차 산업혁명에 면밀히 대비하여 신성장동력을 확보하고 상생번영 하는 토대를 구축해야 합니다.

다음의 문장도 살펴보자.

이를 위해 해외 취업과 이주를 희망하는 퇴직자들을 위한 현지 기업 연결, 투자진출 상담, 교육·훈련 등 전문서비스를 제공하는 '은퇴자 상담창구'를 노동부와 협의해 하반기 중 신설해 운영하겠습니다.

문장이 조금 긴 편이다. 일단 문장을 끊어내지 않고 고친다면 어떻게 하면 좋을까?

고친 후

이를 위해 해외에 취업하거나 이주하려는 퇴직자들을 대상으로 현지기업을 연결해주고 투자진출을 상담하며 교육·훈련 등 전문서비스를 제공하는 '은퇴자 상담창구'를 노동부와 협의해 하반기 중 신설하여 운영하겠습니다.

조금 이해하기 쉬워졌지만 그래도 문장이 복잡하다. 이 정도 길이의 문장이면 반드시 끊어줄 필요가 있다.

고친 후

이를 위해 해외에 취업하거나 이주하려는 퇴직자들이 활용할 수 있는 '은퇴자 상담창구'를 노동부와 협의해 하반기 중 신설하여 운영하겠습니다. 이 창구는 현지기업을 연결해주고 투자진출을 상담하며 교육·훈련 등 전문서비스를 제공할 것입니다.

글의 맛과 힘을 살리는 대구 표현

글쓰기를 강연할 때마다 끄트머리에 가서 이렇게 한마디를 한다.

"오늘 여기까지 오는 길은 멀고 험했지만, 수강생들의 태도는 더 없이 진지했습니다."

단문이 익숙해지면, 다음에 권하고 싶은 것이 대구(對句)이다. 대구는 두 개의 단문이 대등절로 연결된다. '산은 높고 바다는 넓다.'와 같은 문장이다. 복문이지만 포유문과 달라서 뜻을 쉽게 이해할 수 있다. 특히 두 개의 절이 갖는 의미가 대비되는 경우가 많아, 읽는 사람에게 강한 인상을 남길 수 있다.

아버지는 자상하시고 어머니는 대범하시다.

대표적인 대구이다. 대구는 노무현 대통령도 즐겨 사용하던 수사법이다.

- 우리 사회는 경쟁에는 유능하지만 타협에는 무능하다.
- 책을 내기 위해서 말을 하는 것이 아니라, 할 말이 있어서 책을 만드는 것이다.
- 이번 인사가 파격적인 것이 아니라 파격적으로 보는 시각이 타성에 젖은 것

세계적으로 유명한 명언들도 대구의 형태를 취한 것이 많다.

- 호랑이는 죽어서 가죽을 남기고 사람은 죽어서 이름을 남긴다.
- 군자에게는 군자의 벗이 있고, 소인에게는 소인의 벗이 있다.
- 술이 내게서 가져간 것보다 내가 술로 얻는 것이 더 많다.
- 좋은 약은 입에 쓰지만 병에 이롭고, 충성된 말은 귀에 거슬리지만 행하는 데 이롭다.

이런 대구의 문장을 우리가 만들지 못할 이유가 하나도 없다. 일상에서부터 만들면 된다. 한 꼭지의 글을 쓸 때면 대구를 두세 번 정도 활용해보자. 의식적으로 꾸준히 반복할 필요가 있다. 다음의 글은 하나의 문단을 처음부터 끝까지 대구 형식으로 완성해본 것이다.

몸은 아침을 맞았는데 마음은 한밤중에 머물러 있었다. 해는 동쪽에서 솟아오르고 있었고 달은 서쪽으로 기울고 있었다. 어머니는 주방에서 부지런히 움직였지만 아버지는 침실에서 미동도 하지 않았다. 멀리서 닭 우는 소리가 들려왔지만, 방안은 벌레소리도 없이 고요했다. 머리는 다이어트에 집중되어 있었지만 발은 이미 식탁으로 이동하고 있었다. 밥은 거무스름한 잡곡밥이었고 국은 하얀 무국이었다. 어머니는 잔소리를 시작했고, 나는 귀를 닫기 시작했다. 밥은 목구멍을 따라 내려갔고 잔소리는 허공을 향해 흩어졌다.

대구는 끊임없이 시도해보면 누구나 활용할 수 있다. 그런데 위의 사례에서 보듯이 대구를 능숙하게 활용하려면 어휘를 풍부하게 구사할 필요가 있다. 특히 낱말들을 익힐 때 비슷한 말과 반대말을 함께 알아두면 더욱 좋을 것이다. 거기에 약간의 감각까지 덧붙여지면 훌륭한 대구를 완성하게 될 것이다.

- 명사의 끼적거림은 명언이 되고, 범인의 끼적거림은 낙서가 된다.
- 개인에게는 세월이지만, 민족에게는 역사가 된다.

구체적인 표현은 설득력을 높인다

히가시노 게이고의 《나미야 잡화점의 기적》을 보면 지하철 개표구를 나와 손목시계를 보는 주인공의 모습이 등장한다. 전철역에 붙어 있는 둥근 시계는 오후 8시 45분을 가리키고 있으나 주인공의 시계는 '두 개의 바늘이 오후 8시 30분을 살짝 넘어선 곳을 가리키고' 있다. 주인공은 20년이나 차고 다닌 시계이니 어쩔 수 없다고 생각하면서, '슬슬 쿼츠 전자시계로 바꿔야 할 모양'이라고 느낀다.

8시 30분이라 하지 않고 '살짝 넘어선 곳'임을 이야기한다. 나라면 그냥 8시 30분이라고 했을 것이다. 둥근 시계는 '전차 시간표' 위에 있다고 구체적으로 묘사하기도 한다. 차고 다닌 시간은 정확히 '20년'이다. 무엇보다 새로 장만해야 할 것은 '전자시계'가 아니라 '쿼츠 전자시계'다.

'꽃'을 '꽃'이라 하지 말고 '꽃의 이름'을 불러주라고 한다. '이름 모를 꽃들이 흐드러지게 피어 있었다.'라고 쓰지 말고, '라일락, 장미가 피어 있었다. 정말 이름을 알 수 없는 꽃도 하나 있었다.' 이렇게 쓰라는 것이다. '이것은 케케묵은 옛날의 일입니다.'라고 쓰지 말고 '24년이나 지체되어온 숙제입니다.', 이런 식으로 쓰라는 것이다. 자신이 알고 있는 평범한 낱말에서 한 걸음만 더 구체적으로 나아가자. 지금보다 더 구체적으로 묘사할 수 있는 표현이 있는지 거듭 확인하자.

노란 불이 들어왔다. 차 두 대가 빨간 불에 걸리지 않으려고 가속으로 내달았다. 횡단보도 신호등의 걸어가는 사람 형상에 파란 불이 들어왔다. 기다리던 사람들이 아스팔트의 검은 표면 위에 칠해진 하얀 줄무늬를 밟으며 길을 건너기 시작했다. 그 줄무늬를 얼룩말이라고 부르지만, 세상에 그것처럼 얼룩말을 닮지 않은 것도 없을 것이다. 안달이 난 운전자들은 클러치를 밟은 채 당장이라도 출발할 태세였다. 차들은 곧 내리꽂힐 채찍을 의식하여 신경이 예민해진 말처럼 앞뒤로 몸을 들썩였다. 보행자들이 길을 다 건너도, 차의 출발을 허락하는 신호등은 몇 초 뒤에야 켜진다. 어떤 사람들은 언뜻 하찮아 보이는 이런 지연 시간에다가 이 도시에 있는 신호등의 숫자 수천을 곱하고, 거기에 노란 불을 거쳐 다른 색깔의 불로 바뀌는 데 걸리는 시간을 곱해 보면, 그것이 교통 체증, 요즘 유행하는 말로 하자면 병목 현상의 가장 심각한 원인 가운데 하나임을 이해할 수 있을 것이라고 주장하기도 한다.

（《눈먼 자들의 도시》, 주제 사라마구 지음, 정영목 옮김, 해냄）

매우 정교한 묘사다. 사람들이 이동하는 모습, 신호등 거리의 풍경을 밀도 있게 관찰한 결과일 것이다. 노벨문학상 수상 작가의 수준을 가늠해볼 수 있다. 이 정도로 섬세하게 묘사하는 것은 물론 쉽지 않은 일이다. 어쨌든 그 경지로 가는 흉내라도 내려면 어떻게 하는 게 좋을까? 가급적 고유명사를 쓰면 좋겠다는 생각이다.

내후년이면 나도 환갑이다. 나이 탓으로 보이는데 얼마 전부터 고유명사를 기억하는 일이 무척 어려워졌다. 뜻이 있는 보통명사와 달라서 그럴 것이다. 외국 영화배우의 이름은 더욱 기억해내기가 어렵다. 그래도 그 사람들의 이름은 궁금할 일이 그다지 없다. 그들 얼굴이 내 눈앞에 나타나는 경우가 거의 없기 때문이다. 어쩌면 이전에 알았던 외국배우들 중 몇몇은 존재 자체에 대한 기억마저 이미 사라졌을지도 모른다. 문제는 TV 주말드라마를 볼 때의 일이다. 낯익은 탤런트가 출연하는데 이름을 도저히 기억해낼 수 없다. 옆에 앉은 딸에게 물으면 곧바로 답이 돌아온다. 잠시 후 또 다른 탤런트가 화면에 나오면 나는 다시 딸에게 이름을 묻는다. 서너 번까지는 대답해주던 딸이 다섯 번째 물음부터는 짜증을 낸다.

고유명사를 기억하여 자주 활용하면 치매를 예방하는 데 큰 도

제1부 좋은 문장은 다듬을 때 완성된다   117

움이 될 것이다. 이를 위해서도 글을 쓸 때면 고유명사를 많이 활용하는 게 좋겠다. 기억력을 살리는 데에도 도움이 되겠지만, 그것 이상의 효과가 있다. 글이 더욱 구체성을 갖추면서 설득력을 갖게 된다.

고유명사는 누구에게나 일단 점수를 따고 들어간다. 유명한 팝송들의 제목을 보자. 지명을 인용한 노래가 상당히 많다. 〈캘리포니아 드림〉, 〈워털루〉, 〈메사추세스〉, 〈스카보로의 추억〉 등등. 한국의 옛 노래도 다르지 않다. 〈돌아와요 부산항에〉, 〈목포의 눈물〉이 그렇다. 최근 노래로는 〈여수 밤바다〉도 있고 〈광화문 연가〉도 있다. 지명을 구체적으로 쓰는 것은 한마디로 남는 장사다.

미국 오바마 대통령의 2009년 1월 취임사에는 이런 문장이 나온다.

For us, they fought and died, in places like Concord and Gettysburg, Normandy and Khe Sahn.

그들(조상들)은 우리를 위해 콩코드와 게티스버그, 노르망디와 케샨에서 싸우고 죽었습니다.

이 문장에 등장하는 지명들은 상징적이다. 콩코드는 독립전쟁, 게티스버그는 남북전쟁, 노르망디는 제2차 세계대전, 케샨은 월남전 당시 격전지다. 오바마 대통령은 그곳의 지명을 거명하면서 그 전쟁을 사람들에게 상기시키고 있다. 오바마 대통령이 '그들은 우리를 위해 독립전쟁, 남북전쟁, 제2차 세계대전, 월남전에서 싸우고 죽었습니다.'라고 했다면 어떤 느낌이었을까? 구체성도 떨어지지만 임팩트도 반감될 것이다.

나도 문재인 대통령의 취임사 초안을 정리할 때 이러한 방법을 활용했다. 다음의 구절이다.

"한반도의 평화를 위해 동분서주하겠습니다. 필요하면 곧바로 워싱턴으로 날아가겠습니다. 베이징과 도쿄에도 가고 여건이 조성되면 평양에도 가겠습니다."

만일 지명을 활용하지 않았다면 어떤 문장이 되었을까?

"필요하면 곧바로 한미정상회담을 하겠습니다. 한중정상회담도 하고 한일정상회담도 하고 여건이 조성되면 남북정상회담도 하겠습니다."

이렇게 되었을 것이다. 조금 아니 아주 많이 밋밋한 문장으로 느껴지지 않았을까?

고유명사의 활용은 이처럼 중요하다. 일본의 유명작가인 무라카미 하루키의 소설 《1Q84》를 보면, 자동차 주변의 풍광을 묘사할 때에도 매우 구체적이다. '희뿌연 먼지를 뒤집어쓴 검정색 미쓰비시 파제로'라거나, '머리가 길고 햇볕에 탄 얼굴에 검붉은 색 윈드브레이커를 입'은 남자가 있고, '그 앞에는 회색 사브 900이 서 있'다는 식이다. 주인공이 탄 택시 앞에는 '뒷 범퍼가 우그러진 네리마 번호판의 빨간 스즈키 알토'가 있다고 묘사하기도 한다.

단순히 승용차라 하지 않고 '스즈키 알토', '사브900', '미쓰비시 파제로'로 쓴다. '점퍼'라고 하지 않고 '윈드브레이커'로 표현한다. 다른 대목에서는 '신발' 대신 '스니커즈'라고 더 구체적으로 표현한다.

오베는 50세다. 그는 사브를 몬다. 그는 자기 마음에 들지 않는 사람이 있으면, 마치 그 사람은 강도고 자기 집게손가락은 경찰용 권총이라도 되는 양 겨누는 남자다. 지금 그는 일제 자동차를 모는 사람들이 흰색 케이블을 사러 오는 가게의 카운터에 서 있다. 오베는 점원을 오랫동안, 뚫어져라 쳐다보다가 자기 앞에 있는 하얀 상자를 들어 점원의 눈앞에 대고 흔들었다.

'그러니까 이게 패드인가 뭔가라는 거지?'

그가 다그쳤다.

(《오베라는 남자》, 프레드릭 배크만 지음, 최민우 옮김, 다산책방)

애플 상점에서 아이패드를 보고 있는 주인공을 묘사한 대목이다. '오베'라는 사람의 입장에서 최대한 구체적으로 묘사하고 있다. '일제

120

자동차', '흰색 케이블' 등이다. 최신 문물에 익숙하지 않은 주인공의 눈으로 묘사하면서도 최대한의 구체성을 확보하려고 한다.

구체적인 묘사가 때로는 부질없는 일로 생각될 수도 있다. 세계적 기호학자인 움베르토 에코는 걸작 《장미의 이름》에서 이렇게 썼다.

이제부터는 글을 쓰되 개인에 관한 묘사(얼굴의 표정이나 몸짓이 침묵의 웅변일 경우는 제외하고는)는 되도록 피하고자 한다. 이는, 들판에 가을이 오면 꽃이 시들어 꽃 대궁이에서 사라져 버리듯이, 인간 또한 그렇게 사라져 버릴 터인즉, 인간의 외양만큼이나 덧없는 것이 또 어디 있겠느냐는 보에티우스의 말에 일리가 있다고 여겼기 때문이다. 그렇고말고. 수도원장이나 그 측근은 이미 썩어 흙이 되었고 육신은 한줌의 잿빛 바람이 되어 부는데 그 양반들의 눈길이 어떠했느니, 창백하던 뺨이 어떠했느니 낱낱이 묘사해서 무슨 소용이 있을 것인가(하느님 은혜로 그들의 영혼만은 영원히 스러지지 않는 빛으로 빛나고 있기는 하다).

(《장미의 이름》, 움베르토 에코 지음, 이윤기 옮김, 열린책들)

여기까지 말한 후 작가는, 그래도 이 소설의 주인공만큼은 자세하게 묘사하겠다고 한다.

그러나 윌리엄 수도사의 풍모만은, 그 비범한 모습이 크게 내 마음을 흔들었기로 여기에다 자세하게 그려 남기고 싶다.

이처럼 주요하게 부각시켜야 하는 대상인 경우는 특별히 구체적으로 묘사해야 하지 않을까?

스카보로의 추억과 아스파라거스

중고등학교 시절, 팝송을 알게 되어 즐겨듣던 무렵에 나는 '사이먼 앤 가펑클'을 무척 좋아했다. 그룹 SG워너비의 'SG'가 바로 '사이먼 앤 가펑클'을 가리킨다고 한다. 아름다운 화음과 잔잔한 선율이 무척 좋았다. 이들이 부른 노래는 무엇이든 다 좋았다. 그중에서도 〈스카보로의 추억〉은 압권이었다. 하지만 뜻은 제대로 알지 못했다. 해석이 불가능했다. 정확히 가사를 해석해주는 팝송프로그램도 없었던 것으로 기억된다. 그냥 가사를 따라 부르기에 급급했다. 한참이 지난 후에야 '스카보로 페어(Scarborough Fair)'라는 제목의 뜻이 '스카보로 시장'임을 알게 되었다. 그리고 둘째 줄 가사인 '파슬리, 세이지, 로즈마리, 앤 타임'도 허브를 가리키는 것임을 알게 되었다.

시장에서 파는 물건들이라 허브의 이름들이 후렴구처럼 되풀이되고 있는 것일까? 아무튼 아무것도 모르면서 달달 외워 부르던 가사가 사실은 허브의 이름이었다는 사실을 알고는 깜짝 놀랐다. 〈스카보로의 추억〉은 원래 민요였다는 이야기가 있다. 그렇다면 허브의 이름들도 민요에서 유래된 것일 가능성이 높다. 오래 전 민요도 고유명사를 활용하여 가사를 지었다는 뜻이 된다.

고등학교 시절, 문학의 밤 행사가 해마다 열렸다. 시를 써내는 행사였다. 문학소년이고 싶었지만 나는 단 한 번도 입상하지 못했다. 내 옆의 급우는 시를 쓰기만 하면 최우수상, 못해도 우수상이었다. 그 급우가 시를 쓰면 반드시 들어가는 낱말이 있었다. '아스파라거스'였다. '오늘도 빗물이 아스파라거스 잎에 떨어진다.' 그런 문장이 있었던 것으로 기억한다. 나는 그때 아스파라거스가 어떻게 생긴 것인지 몰랐다. 지금에 와서야 알게 되었는데, 양식 스테이크를 먹을 때 같이 제공되는 채소였다.

문장의 리듬은 그 자체로 글의 재미

앞에서 단문을 쓰자고 했다. 간단히 생각하면 복문보다 쓰기 쉬운 것이 단문인데 일반적으로는 정반대다. 아무튼 단문 쓰기를 많이 연습해서 익숙해졌다면, 이제는 읽는 사람의 호흡을 고려해보자. 먼저 단문의 경우를 보자. 대체로 單文이나 短文이 이어지면 독자의 긴장감을 높여주는 효과가 있다.

당상들은 고개를 깊이 숙였다. 가까운 성첩에서 총소리가 서너 번 터졌다. 조선병인지 청병인지 알 수 없었다. 총소리에 산과 산 사이가 울렸다. 소리의 끝자락이 산악 속으로 잦아들었다. 신료들의 귀가 소리의 끝자락을 따라갔다. 바람이 들이쳐서 그림자들이 흔들렸다.

《남한산성》, 김훈 지음, 학고재)

이처럼 짧은 문장들은 급박한 분위기를 그려내는 데 적격이다. 긴 문장은 아무래도 늘어지는 느낌을 주기 때문에 이러한 장면을 묘사하는 데 적절하지 않을 것이다.

　그는 그 안내서에 자기가 시행했던 실험의 결과 보고서와 도표 몇 페이지를 첨부해 정부로 보냈다. 안내서의 전달을 맡은 사신은 산을 여럿 넘고 어딘지도 모를 늪을 건너고 폭풍이 몰아치는 강을 건너서 우편물을 나르는 당나귀들의 통행로에 다다랐을 때쯤에는 절망과 질병과 들짐승에 시달려 거의 반죽음 상태가 되었다. 태양 전쟁의 새로운 전술을 개발하기 위해 정부 당국의 군사전문가들이 확대경의 복잡한 조작 시범을 직접 보고 싶다는 소식을 전해오기만 한다면, 호세 아르카디오 부엔디아는 거의 불가능하다고 여겨지던 그 위험천만한 여행길에 올라 수도로 직접 찾아갈 생각이었다.

(《백년 동안의 고독》, G.마르케스 지음, 안정효 옮김, 문학사상사)

《백년 동안의 고독》은 문장의 길이가 상대적으로 길다. 이 소설은 부엔디아 가문이 거의 백 년에 걸쳐 겪는 기구한 운명을 독특한 요설체로 풀어냈다는 평을 듣는다. '요설체'의 사전적 의미(포털 다음, 어학사전)는 다음과 같다. '전하려는 내용보다 많은 어휘를 사용하여 내용 전체를 남김없이 표현하는 문체. 대개 접속어, 동의어, 유사어를 많

이 쓰며 문장이 길어진다.'

긴 문장도 나름의 매력이 있다. 거듭 말하지만 긴 문장 자체가 나
쁜 것은 아니다. 유명작가들의 글을 한번 살펴보자. 짧은 문장을 위
주로 쓰는 작가도 있다. 반면 철저하게 긴 문장을 위주로 하는 작가
도 있다.

> 국토의 최남단, 전라남도 강진과 해남을 '나의 문화유산답사기'
> 제1장 제1절로 삼은 것은 결코 무작위의 선택이 아니다. 답사라면
> 사람들은 으레 경주. 부여. 공주 같은 옛 왕도의 화려한 유물을 구
> 경 가는 일로 생각할 것이며, 나 또한 답사의 초심자 시절에는 그
> 런 줄로만 알았다. 그러나 지난 20년간 내가 답사의 광(狂)이 되어
> 제철이면 나를 부르는 곳을 따라 가고 또 가고, 그리하여 나에게
> 다가온 저 문화유산의 느낌을 확인하고 확대하기를 되풀이하는
> 동안 나도 모르는 사이 여덟 번을 다녀온 곳이 바로 이 강진·해남
> 땅이다.
>
> (《나의 문화유산답사기 1》, 유홍준 지음, 창비)

짧은 문장이든, 긴 문장이든 각각의 강점과 매력을 가지고 있다.
그 어느 쪽을 자신의 문제로 선택해도 무방하다. 전적으로 글 쓰는
사람의 취향에 속하는 문제다. 다만 글쓰기를 시작하는 단계라면 역
시 단문(單文)이나 짧은 문장(短文)을 많이 써보라고 권하고 싶다. 긴

문장은 비문이 자주 생기거나 전달력이 떨어질 우려가 있다. 긴 문장을 밀도 있게 써낼 만큼 숙달되어 있다면 모르되, 그렇지 않으면 적절히 짧게 쓰는 게 좋다. 짧은 문장이 기본으로 자리를 잡게 되면 그때부터 긴 문장을 섞어나가면 된다. 예를 들면 짧은 문장 두 개를 쓴다음, 하나의 긴 문장을 배치하는 방식이다.

눈을 떴다. 아침이었다. 햇살이 이미 창문을 뚫고 들어와 방안 구석구석까지 침투해 있었다. 잠시 눈을 감았다. 하루 일을 생각했다. 그러고는 자리를 박차고 일어나 여전히 둔탁한 모터 음을 내고 있는 냉장고를 열었다. 피자가 있었다. 핫도그도 있었다. 아침에 먹기에는 부담스럽다고 생각했는데 시야에 바나나가 들어왔다. 하나를 집었다. 껍질을 벗겼다. 달고 부드러우며 촉촉한 느낌이 지난 밤 숙취로 텁텁한 입안을 달래주었다.

이런 방식이다. 꼭 이렇게 써야 하는 것은 아니다. 이렇게 계속 쓰기는 불가능하다. 운율에 맞춰 내용을 조절해야 하기 때문이다. 다만 이렇게 써보면서 연습해보자는 것이다. 원투쓰리 리듬은 어떨까?

눈을 떴다. 햇살이 창을 뚫고 들어왔다. 방안 구석구석이 아침햇살을 받아 밝게 빛났다. 눈을 감았다. 오늘 뭘 해야 할까 생각했다. 일어나서는 둔탁한 소음을 내는 냉장고를 열었다. 피자와 핫도그. 아침에 먹기에는 부담스러웠다. 마침 며칠 전에 사둔 바나나 몇 개가 보였다. 하나를 집었다. 껍질을 벗기고 한 입 베어 물었다. 부드럽고 촉촉한 느낌이 숙취로 텁텁한 입안을 달래주었다.

같은 글을 이렇게 리듬을 달리하면서 바꿔보는 연습을 해보자. 실제 글을 쓸 때면 자유자재로 리듬감을 구사하게 될 것이다.

리듬감을 살리는 문제와 관련하여 한 가지 짚어봐야 할 것이 있다. 접속사의 문제다. 흔히들 접속사가 많이 등장하면 좋지 않은 글이라고 한다. 접속사는 대체로 글의 리듬감을 떨어뜨리는 것이 사실이다. 그런데 접속사를 전혀 사용하지 않고 글을 완성할 수 있을까? 나의 경우는 결코 쉽지 않았다. 이제까지 숱하게 써봤지만 접속사 없이 한 꼭지나 한 편의 글을 완성한 적이 거의 없었다. 의식적으로 접속사를 활용하지 않고 글을 써본 적이 있기는 했다. 그런데 어딘가 어색했다. 접속사가 빠진 자리에 무언가를 대신 채워 넣고 싶은 욕구가 솟구쳐 올랐다. 접속사가 없으면 다음 문장으로 넘어가는 과정이 무언가 높은 턱에 걸리는 느낌이었다. 자동차가 요철을 넘는 느낌 같은 것이었다.

접속사를 완벽하게 생략하면서 매끄러운 느낌을 주는 글을 쓰기는 힘들다. 그래서 나는 접속사를 적당히 사용하자는 입장이다. 최고의 작가 수준으로 문장을 구사하기 어렵다면 차선으로 '매끄러운 읽

힘'을 선택하자는 것이다. 그렇다고 해서 모든 문장에 접속사를 활용하는 것은 절대 금물이다.

나는 정유년 4월 초하룻날 서울 의금부에서 풀려났다. 내가 받은 문초의 내용은 무의미했다. 위관들의 심문은 결국 아무것도 묻고 있지 않았다. 그들은 헛것을 쫓고 있었다. 나는 그들의 언어가 가엾었다. 그들은 헛것을 정밀하게 짜 맞추어 충忠과 의義의 구조물을 만들어가고 있었다. 그들은 바다의 사실에 입각해 있지 않았다. 형틀에 묶여서 나는 허깨비를 마주 대하고 있었다. 내 몸을 으깨는 헛것들의 매는 뼈가 깨어지듯이 아프고 깊었다. 나는 헛것의 무내용함과 눈앞의 절벽을 몰아세우는 매의 고통 사이에서 여러 번 실신했다. 나는 출옥 직후 남대문 밖 여염에 머물렀다. 영의정 대사헌 판부사들이 나를 위문하는 종을 보내왔다. 내가 중죄인이었으므로 그들은 직접 나타나지 않았다. 종들은 다만 얼굴만 보이고 돌아갔다. 이 세상에 위로란 본래 없다는 것을 나는 알았다. 나는 장독杖毒으로 쑤시는 허리를 시골 아전들의 행랑방 구들에 지져가며 남쪽으로 내려와 한 달 만에 순천에 당도했다. 내 백의종군白衣從軍의 시작이었다.

(《칼의 노래》, 김훈 지음, 문학동네)

《칼의 노래》 도입부에서 인용했다. 보다시피 접속사가 거의 없다.

문장 중 '다만'이라는 표현이 있는데 이를 접속사로 볼 수도 있겠다. 그것 외에는 없다. 접속사 없는 글의 좋은 사례라 할 수 있다. 그런데 자세히 보면, 문장 하나하나가 완벽한 구조를 가지고 있다. 모두 주어가 있다. '나는', 또는 '그들은'이다. 접속사를 생략하고 글을 쓰려면 문장이 이처럼 완전한 구조를 갖출 필요가 있다.

다음 글은 내가 노무현 대통령의 지시를 받아 작성하여 2006년 1월 8일 청와대브리핑에 올렸던 글의 일부이다.

물론 그 모든 일이 준비하고 구상한 대로 진행되지는 않는다. 때로는 예상치 못한 변수가 중간에 끼어들면서 사안이 엉뚱한 방향으로 흐르는 경우도 많다. 2004년 총선 직전, 대통령은 선거의 결과로 야당 또는 야당연합이 국회의 과반수를 점할 경우 총리지명권을 넘기겠다는 입장을 밝히려고 했다. 그러나 이 계획은 뜻하지 않은 탄핵 사태로 인해 무산되었다. 그리고 이 제안이 이루어진 것은 지난해 4·30보궐선거로 여당의 과반수가 무너진 이후의 일이었다. 대연정이라는 이름으로 구체화된 이 제안은, 총선 직전과는 달라진 환경 등으로 인해 그 진정성에도 불구하고 적지 않은 오해를 불러일으켰다. 예정되지 않았던 변수들 때문에 여러 가지 복잡한 해석이 생겨나고 또 그것이 다시 사태를 복잡하게 만드는 경우가 종종 있기 마련이다.

이 문단에서는 역접을 의미하는 '그러나'라는 접속사가 등장한다. 순접과 달리 역접은 생략하면 문장이 어색하지 않을까 싶지만 그렇지 않다. 실제로 '그러나'를 생략하고 읽어도 큰 지장이 없다. 이어서 등장하는 '그리고' 역시 순접의 의미로 생략해도 무방하다. 다만 '그리고'를 생략하는 대신 뒤의 문장을 조금 바꿔줄 필요가 있겠다.

이 계획은 지난해 4·30보궐선거로 여당의 과반수가 무너지자 하나의 제안으로 성립되었다.

이처럼 접속사의 대부분은 순접이든 역접이든 그대로 생략해도 무방한 경우가 많다. 다만 어떤 경우의 역접은 뒤의 문장을 완전히 바꾸어주어야 한다. 그럴 때 뒤의 문장은 김훈 작가의 《칼의 노래》 사례에서 보았듯이 완벽한 구조를 갖추는 게 좋겠다.

고치기 전

낱말을 검색하기 위해 포털사이트에 접속했다. 그런데 메인 화면에 눈에 띄는 기사가 있었다. 기사를 클릭했다. 그러나 내용은 하나도 없는 낚시성 기사였다. 순간 화가 치밀었다. 그리고 헛웃음이 나왔다. 그런데 문제가 생겼다. 내가 무엇을 검색하려고 포털사이트에 접속했는지 도통 생각나지 않았다. 그러나 머릿속은 점점 하얘질 뿐이었다.

접속사를 모두 생략하면 어떻게 될까?

고친 후

낱말을 검색하기 위해 포털사이트에 접속했다. 메인화면에 눈에 띄는 기사가 있었다. 기사를 클릭했다. 내용은 하나도 없는 낚시성 기사였다. 순간 화가 치밀었다. 헛웃음이 나왔다. 문제가 생겼다. 내가 무엇을 검색하려고 포털사이트에 접속했는지 도통 생각나지 않았다. 머릿속은 점점 하얘질 뿐이었다.

크게 이상해 보이지 않는다. 나만의 느낌일 수도 있겠다. 그나마 조금 어색한 곳이 있다면 '문제가 생겼다.'라는 문장이다. 정 어색하다면 '문제가 하나 생겼다.'로 바꾸면 되지 않을까?

이런 경우는 어떨까?

고치기 전

사랑한다. 그러나 헤어져야 한다.

접속사를 빼면 '사랑한다. 헤어져야 한다.'라는 어색하고 이상한 문장이 된다. 접속사를 끝까지 거부하려면 뒤의 문장을 완전히 바꾸는 수밖에 없다.

고친 후

사랑한다. 헤어져야 하는 사랑이다.

　이런 정도일 것이다. 결국 생략해도 좋은 접속사도 많지만, 그렇게 하면 어색해지는 경우도 제법 있는 셈이다.

'쉽게 쓴 글'이 주는 감동

"자네 글은 참 쉬워. 한 번 읽으면 무슨 뜻인지 바로 알겠어."

정치권에서 글을 쓰는 동안 정치인들로부터 자주 들었던 이야기다. '자네 글은 수준이 높아!', '자네는 비유가 탁월해.', '정말 촌철살인이더군.' 이런 평가들은 거의 듣지 못했다. 그 대신 글이 쉽다는 이야기는 수도 없이 들었다. 이러한 평을 들을 때 내 기분은 어떠했을까? 처음에는 '쉽다'는 평가에 크게 의미를 부여하고 싶지 않았다. 우선 내가 의도를 갖고 쉽게 쓴 것은 아니었기 때문이다. 쉽게 쓰기 위해서 노력했는데, 그런 평을 들었다면 충분히 만족했을 것이다. 하지만 글쓰기를 시작한 이래 꽤 오랫동안 나는 의도적으로 쉽게 쓴 적이 없었다. 한편으로는 '쉽다'는 평가가 어쩌면 '지나치게 단순하고 수준이 낮다'는 뜻일 수도 있다는 생각에 찜찜한 기분마저 들었던 게 사실이다.

그런데 시간이 갈수록 '이해하기 쉽다'는 평가에 만족하기 시작했다. 그리고 점차 자부심까지 갖게 되었다. 의도했든 의도하지 않았든 글이 쉽다는 것은 그만큼 전달력이 높다는 의미라는 사실을 깨닫게 된 것이다. 그런 깨달음은 가끔 접하게 되는 난해한 글들을 보면서 확신으로 더욱 굳어졌다.

글은 사실 남들이 읽으라고 쓰는 것이다. 물론 일기는 예외다. 글은 자신의 생각을 어느 특정인에게 혹은 세상 사람들에게 전달하는 수단이다. 정치인들은 특히 일반 대중에게 생각을 전달하기 위해서 글을 쓸 때가 많다. 그런데 자신이나 주변 사람들만이 알아들을 수 있는 표현으로 글을 쓴다면 어떻게 될까? 일반 대중들은 내용을 이해하지 못할 뿐만 아니라 그런 글을 쓴 정치인에게 오히려 반감을 갖게 될 것이다. 아마 '다른 나라 사람 아니냐?'고 반문할지도 모른다. 난해한 글은 사실상 다른 나라의 언어를 사용하는 것이나 마찬가지다. 정치인이 아니어도 마찬가지다. 석·박사학위 논문이라면 모르되, 주변의 사람들이 읽어야 할 글이라면 쉽게 써야 한다. 특히 요즘처럼 정보의 양이 많고 너나 할 것 없이 바쁜 세상에서는 더욱, 글이 쉬워야 한다. 한눈에 보고 뜻을 파악할 수 있는 글이어야 한다.

쉽게 쓰는 방법에는 어떤 것이 있을까? 앞에서 이야기했듯이 무엇보다 단문을 구사하면 좋다. 두 번째로는 가급적 쉽고 편안한 일상의 용어를 선택한다. 세 번째는 추상명사를 주어로 하는 경우를 최대한으로 줄이는 것이다.

2012년 민주통합당 전당대회 당시 문재인 의원이 대통령후보로 선출되었을 때 수락연설을 작성하는 과정에 참여했었다. 작업하던 중 후보 측에서 내용을 보강해달라는 요청이 왔다. 그중에 이러한 문구가 있었다.

제가 대통령이 되면, 기회의 평등, 과정의 공정함, 결과의 정의라는 국정운영 원칙을 바로 세우겠습니다. 보통사람들의 간절한 요구들이 실현되는 나라를 만들 것입니다.

좋은 콘셉트라고 생각했다. 문재인 후보와도 어울리는 카피라고 생각했다. 하지만 추상명사가 나열되고 있어서 뜻이 확 들어오지 않았다. 고심 끝에 표현을 수정했다. 단문으로 바꾸면서 추상명사를 서술 형태로 바꾸어주었다.

제가 대통령이 되면, '공평'과 '정의'가 국정운영의 근본이 될 것입니다. 기회는 평등할 것입니다. 과정은 공정할 것입니다. 결과는 정의로울 것입니다. 이것을 국정운영의 원칙으로 바로 세우겠습니다.

처음부터 쉽게 쓰기 어려운 글도 물론 있다. 써야 하는 낱말과 표현들이 사회과학적 용어들인 경우는 특히 그렇다. 다음의 사례를 한 번 살펴보자.

국민 여러분,

어떤 어려움이 있더라도 물러서거나 유야무야하지 않고 우리 국민들이 수용할 만한 결과가 나올 때까지 꾸준히 대처해 나가겠습니다. 이번에는 반드시 뿌리를 뽑도록 하겠습니다. 어려울 때는 국민 여러분에게 도움을 청하겠습니다. 새로운 일이 벌어질 때마다 국민 여러분의 의견을 듣겠습니다.

이제 이 일을 결심하고 국민 여러분에게 보고 드리면서 몇 가지 당부를 드립니다.

먼저 일부 국수주의자들의 침략적 의도를 결코 용납해서도 안되지만 그렇다고 일본 국민 전체를 불신하고 적대해서는 안 된다는 것입니다. 일본과 우리는 숙명적으로 피할 수 없는 이웃입니다. 두 나라 국민 사이에 불신과 증오의 감정을 키우면 또 다시 엄청난 불행을 피할 수 없게 됩니다. 그래서 냉정을 잃지 말고 차분하게 대응해 나가야 한다는 것입니다. 단호하게 대응하되 이성으로 설득하고 품위를 잃지 않아야 합니다. 어느 정도의 감정표현이 없을 수는 없겠지만 절제를 잃지 말아야 합니다. 힘으로 하는 싸움이 아닙니다. 명분을 잃으면 되잡히게 됩니다. 지나치게 감정을 자극하거나 모욕을 주는 행위는 특히 자제해야 할 것입니다. 아울러 끈기와 인내심을 가지고 대응해 나가야 합니다. 싸움이라고 한다면 이 싸움은 하루 이틀에 끝날 싸움이 아닙니다. 지구전입니다. 어떤 어려움이라도 감수하겠다는 비장한 각오로 임하되 체력소모를 최대한 줄일 줄 아는 지혜와 여유를 가지고 끈기 있게 해나가야 합니다. 또한 멀리 내다보고 전략적으로 대응해 나가야 합니다. 신중하게 판단하고 느리다 싶게 말하고 행동해야 합니다. 일희일비해서도 안 되고 중구난방해서도 안됩니다. 그동안 너무 많은 말과 행동이 쏟아져 나온 것은 아닌가 하는 불안이 없지 않습니다.

당부하고자 하는 내용이 상당히 많은 편이다. 이럴 때에는 글을 몇 개의 문단으로 나누어 정리해주면 좋다. 그래서 첫째, 둘째, 셋째를 활용하면 더욱 좋을 것이다. 그렇게 정리한 결과는 다음과 같다.

국민 여러분,

어떤 어려움이 있더라도 물러서거나 유야무야하지 않고 우리 국민들이 수용할 만한 결과가 나올 때까지 꾸준히 대처해 나가겠습니다. 이번에는 반드시 뿌리를 뽑도록 하겠습니다. 어려울 때는 국민 여러분에게 도움을 청하겠습니다. 새로운 일이 벌어질 때마다 국민 여러분의 의견을 듣겠습니다.

이제 이 일을 결심하고 국민 여러분에게 보고 드리면서 몇 가지 당부를 드립니다.

첫째는, 일부 국수주의자들의 침략적 의도를 결코 용납해서도 안 되지만 그렇다고 일본 국민 전체를 불신하고 적대해서는 안 된다는 것입니다. 일본과 우리는 숙명적으로 피할 수 없는 이웃입니다. 두 나라 국민 사이에 불신과 증오의 감정을 키우면 또 다시 엄청난 불행을 피할 수 없게 됩니다.

둘째는, 냉정을 잃지 말고 차분하게 대응해 나가야 한다는 것입니다. 단호하게 대응하되 이성으로 설득하고 품위를 잃지 않아야 합니다. 어느 정도의 감정표현이 없을 수는 없겠지만 절제를 잃지 말아야 합니다. 힘으로 하는 싸움이 아닙니다. 명분을 잃으면 되잡히게 됩니다. 지나치게 감정을 자극하거나 모욕을 주는 행위는 특히 자제해야 할 것입니다.

셋째는, 끈기와 인내심을 가지고 대응해 나가야 합니다. 싸움이라고 한다면 이 싸움은 하루 이틀에 끝날 싸움이 아닙니다. 지구전입니다. 어떤 어려움이라도 감수하겠다는 비장한 각오로 임하되 체력소모를 최대한 줄일 줄 아는 지혜와 여유를 가지고 끈기 있게 해나가야 합니다.

넷째는, 멀리 내다보고 전략적으로 대응해 나가야 합니다. 신중하게 판단하고 느리다 싶게 말하고 행동해야 합니다. 일희일비해서도 안 되고 중구난방해서도 안됩니다. 그동안 너무 많은 말과 행동이 쏟아져 나온 것은 아닌가 하는 불안이 없지 않습니다.

(노무현 대통령, 한·일 관계 관련 국민에게 드리는 글, 2005년 3월 23일)

내용이 체계적으로 정리된 느낌을 준다. 특히 어려운 낱말과 표현들이 많은 글은 반드시 '첫째, 둘째, 셋째…'를 활용하여 정리하자. 그렇게 몇 개의 단락으로 묶었는데 그 어디에도 포함되지 않는 내용이 남는다면 어떻게 할까? 아주 중요한 것이 아니라면 과감히 생략하는 것도 방법이다. '첫째, 둘째, 셋째…'에 포함되지 못할 정도면 그다지 중요한 내용이 아닐 수도 있다. 다만 한 꼭지의 글을 쓴다면 '첫째, 둘째, 셋째…'는 한 번만 활용하자. 두 번 세 번 활용하면 글 전체가 오히려 복잡하게 보일 가능성이 높다.

'첫째, 둘째, 셋째…'를 활용했지만 그래도 문장이 여전히 어렵게 느껴지는 경우가 있다. 그럴 때면 문장 하나하나를 더욱 쉽게 다듬어야 한다. 추상적인 내용들을 구체적인 표현으로 바꾸는 것이 중요하다. 특히 추상명사가 나열되는 경우를 조심해야 한다. 다음의 사례를 보자.

이를 반영하듯 우리나라 국채가 아시아 국가 중 가장 낮은 금리로 해외에 팔렸습니다. 중요한 국제신용평가기관들도 한국경제에 대해 중장기적으로 안정적이라는 전망을 내놓고 있습니다. 국내 증시에 외국 투자자금도 꾸준히 늘고 있습니다. 이제 서민경제 회생에 주력하겠습니다.

첫째, 주택-아파트 등 부동산 가격 안정은 기필코 이뤄내겠습니다. 서민들의 꿈과 희망을 일순에 앗아가는 부동산 가격의 폭등은 서민경제를 위해 반드시 잡아야 합니다. 적어도 제가 집권하는 동안 부동산 투기로 떼돈을 벌 수 없다는 것만은 분명하게 보여드리겠습니다.

둘째, 추가경정예산을 청년실업해소, 서민주택건설 지원, 전략적 SOC투자에 집중 투입해 일자리 창출 등 서민보호에 적극 나서겠습니다. 그러나 결코 단기적인 경기부양만을 위한 경기대책을 사용하지 않겠습니다. 단기 경기부양은 결국 물가상승 등 서민경제를 악화시키는 부메랑이 됨을 잘 알고 있습니다.

단락을 지어놓았지만 그래도 문장을 이해하기가 어렵다. 한 번 더 살펴보자. 위의 사례 가운데 '첫째,…'의 문단을 살펴보자.

첫 문장에서는 '가격 안정'이라는 추상명사가 주어다. 더 쉽게 표현하는 방법이 없을까?

고친 후

첫째, 주택·아파트 등 부동산 가격을 반드시 안정시키겠습니다.

이것이 훨씬 더 쉽고 분명한 표현이다

두 번째 문장과 세 번째 문장 역시 포유문이다. 거듭 말하지만 포유문은 쉬운 전달을 방해한다. 가능하면 풀어서 쓰고 문장을 끊어주는 것이 좋다.

고친 후

부동산 가격이 폭등하면 서민들이 꿈과 희망을 한순간에 빼앗깁니다. 부동산 투기로는 떼돈을 벌 수 없습니다. 이것만큼은 제가 집권하는 동안 분명하게 보여드리겠습니다.

같은 패턴으로 '둘째,…'의 문단도 고쳐보자. 나라면 이렇게 바꾸고 싶다.

고친 후

둘째, 추가경정예산으로 청년실업을 해소하고 서민주택 건설을 지원하겠습니다. 그리고 전략적 SOC투자에 집중 투입해 일자리를 창출하는 등 서민을 적극 보호하겠습니다. 단기적으로 경기를 부양시키기 위해 경기대책을 사용하지는 않겠습니다. 결국 물가상승 등으로 이어져 서민경제를 악화시키는 부메랑이 되기 때문입니다.

쉽게 쓴다는 것은 생각만큼 쉬운 일이 아니다. 어려운 일이다. 글이라고 해서 반드시 문어체를 고집할 필요는 없다. 일상적으로 사용하는 구어체를 쓰되, 그것을 깔끔하게 정리한다고 생각하면 오히려 쉽고 편안한 문장을 만들 수 있다.

제2부

좋은 문장을 만드는
고치기 연습

제3장

글의 운명을 바꾸는
마감 전 체크리스트

정치권에 처음 들어가 글을 쓸 당시, 나는 우선 초고를 만드는 일에 혼신의 힘을 기울였다. 일단 초고를 쓰고 나면 커다란 중압감에서 해방되는 기분이었다. 과제의 90퍼센트는 달성했다는 느낌이었다. 하지만 그것은 순진한 착각이었다. 초고가 완성되면 언제나 일종의 독회(讀會)가 열렸다. 초고는 사실상 그 회의를 위한 기초자료에 불과했다. 사람들은 초고를 읽고 새로운 아이디어를 쏟아내었다. 때로는 그런 회의가 서너 차례 열리기도 했다. 결국 초고는 전체 공정 가운데 10퍼센트 진도에 해당된다는 사실을 뒤늦게야 깨달았다. 콘텐츠와 표현 등 글의 핵심은 오히려 마지막 단계에 가서야 모습을 갖추게 되는 경우가 많았다.

거듭 말하지만 글은 처음 쓰는 것보다 고치는 과정이 중요하다. 퇴고를 거듭할수록 좋은 문장이 탄생할 가능성이 높다. 그런데 안타깝게도 대부분의 글은 데드라인이 있다. 기자는 마감시간에 쫓기기 마련이고, 작가들은 납기일이 가까워지면 압박감에 시달린다. 욕심 같아서는 무한정 글을 다듬고 싶지만 그럴 여유가 별로 없다. 글을 고칠 때에도 전략이 필요하다. 여러 번 수정을 거듭하기보다는 효율적으로 고치는 것이 중요하다. 처음부터 끝까지 막연히 훑어나가기보다는 점검해야 할 기준을 염두에 두고 집중적으로 검토하면서 글을 수정하고 보완해야 한다. 이번 장에서는 마감을 앞두고 퇴고할 때 한 번 더 꼼꼼히 점검해야 할 사항들을 구체적으로 살펴본다.

독자의 상상력을 자극하고 있는가?

　조선 왕은 황색 일산 앞에 꿇어앉았다. 술상이 차려져 있었다. 칸이 술 석 잔을 내렸다. 조선 왕은 한 잔에 세 번씩 다시 절했다. 세자가 따랐다. 개들이 황색 일산 안으로 들어왔다. 칸이 술상 위로 고기를 던졌다. 뛰어오른 개가 고기를 물고 일산 밖으로 나갔다.

　- 아 잠깐 멈추라.

　조선 왕이 절을 멈추었다. 칸이 휘장을 들치고 일산 밖으로 나갔다. 칸은 바지춤을 내리고 단 아래쪽으로 오줌을 갈겼다. 바람이 불어서 오줌 줄기가 길게 날렸다. 칸이 오줌을 털고 바지춤을 여미었다. 칸은 다시 일산 안으로 들어와 상 앞에 앉았다. 칸이 셋째 잔을 내렸다. 조선 왕은 남은 절을 계속했다.

　정명수가 꿇어앉은 조선 왕과 세자 앞으로 나와 칸의 조칙을 읽었다.

《남한산성》, 김훈 지음, 학고재)

소설 《남한산성》의 한 대목이다. 인조가 청나라의 황제에게 항복하여 삼전도에서 삼배구고두례(三拜九叩頭禮)를 행하는 장면이다. 이 묘사를 읽는 동안 치밀어 오르는 치욕감을 주체할 수 없었다. 한편으로는 그런 치욕감을 생생하게 느끼도록 해준 작가의 상상력에 감탄해마지 않았다. 개가 고기를 받아먹기 위해 술상 위로 뛰어오르는 장면도 그렇다. 그러나 압권은 역시 인조가 절하고 있는 와중에 칸이 일산 밖으로 나와 오줌을 갈기는 모습이다. 이 두어 줄의 묘사로 조선 왕이 마주한 치욕적인 상황과 모멸감을 충분히 느낄 수 있었다. 어떻게 이런 상상을 할 수 있었을까? 작가는 과연 다르구나 생각했다. 나중에 이 소설이 영화로 제작되어 개봉되었을 때 나는 이 장면이 화면으로 연출되기를 은근히 기대했다. 아쉽게도 이 대목은 영화에서는 생략되었다.

글 쓰는 사람에게 상상력은 엄청난 자산이다. 컴퓨터 앞에 가만히 앉아 상상의 나래를 펴는 것만으로 글을 쓸 수 있다면 더 바랄 것이 없을 듯싶다. 남다른 능력을 타고난 것에 감사해야 할 일이 아닐까? 나도 때때로 상상의 나래를 펴기 위해 명상에 잠겨보기도 하지만 결과는 언제나 망상 아니면 졸음이다. 그럴 때면 절망하곤 한다. 상상력이 부족하면 글도 가난할 수밖에 없다. 독자의 상상력을 불러일으키는 것은 더욱 기대난망이다.

그런 만큼 퇴고할 때에는 자신의 글이 상상력의 요소를 적절하게 갖추고 있는지 점검해봐야 한다. 글을 읽다 보면 이제껏 경험하지 못했던 세상을 접하게 되는지, 미처 생각하지 못했던 새로운 영감을 얻게 되는지, 독자의 입장에서 꼼꼼하게 살펴볼 필요가 있다. 콘텐츠도 물론 중요하다. 그런데 뜻밖의 낱말이나 멋들어진 표현 하나가 독자에게 신선한 느낌으로 다가서며 새로운 세상으로 안내하는 실마리가 되기도 한다. 물론 어떤 글이냐에 따라 상상력이 차지하는 비중은 다를 것이다. 수필과 같은 창작물이라면 상상력이 글 전체의 느낌을 좌우할 수도 있다.

중학교 시절에 영어 선생님이 '아이들 큐리오시티(idle curiosity)'에 대해 이야기해준 적이 있다. 사전적 의미로는 '쓸데없는 호기심'이라고 한다. 선생님은 낱말 뜻 그대로 '게으른 호기심'으로 해석해주면서 이렇게 말했다.

"때로는 방 안에서 하는 일 없이 뒹굴뒹굴 있어봐라. 부지런히 무언가를 하기보다는 그냥 이 생각 저 생각 떠오르는 대로 가만히 있으면 된다. 세상을 크게 바꾼 중요한 발명들은 그런 과정에서 탄생된 게 적지 않다."

말 그대로 게으름의 한가운데에서 여러 가지를 궁리하다 보면 머릿속에서 다양한 세계가 펼쳐진다. 그러던 중 어떤 일에 궁금증과 호기심이 발동하면 어느새 집중적으로 몰두하고 있는 자신을 발견할 수도 있다. 그런 것이 모두 '게으른 호기심'이라는 이야기였다. 상상력이라고 해서 특별히 별난 것은 아닌 만큼 다양하게 생각하기를 주저하지 말라는 가르침이었다. 요즘말로 옮기면 그냥 '멍 때리는 호기심' 정도가 아닐까?

다음의 사례는 내가 청와대 대변인이던 시절 언론에 기고했던 글의 첫머리이다. 2004년 3월 탄핵소추안이 통과되어 직무가 정지된 탓에 대통령은 관저에 갇혀 지내야 했다. 그 무렵 대통령의 일상과 생각을 담은 글이었다.

"어, 저건 꿩이잖아? 꿩이 이곳에 다 오네."

반가운 손님이 찾아오기라도 한 듯, 대통령은 자리에서 훌쩍 일어나 마당이 보이는 창문 앞으로 바짝 다가섰다. 탄핵안이 가결되고 나서 2주일이 지난 3월 25일 오후, 관저 응접실에서의 일이었다.

"저것 보게! 진짜 꿩이야. 어떻게 여기까지 꿩이 왔을까?"

물끄러미 꿩을 바라보던 대통령은 불현듯 생각이 난 듯 관저 부속실로 통하는 인터폰을 눌렀다.

"마당에 꿩이 왔어. 다시 찾아올 수 있도록 먹거리를 만들어 놓아두면 좋겠는데."

색다른 날짐승의 출현이 담담하기만 하던 대통령의 표정을 일

순간에 바꾸어놓았다. 그 표정 속에는 유폐 아닌 유폐, 연금 아닌 연금으로 갇혀버린 대통령의 안타까운 봄날이 고스란히 녹아 있었다.

(윤태영 대변인의 '잃어버린 봄', 청와대브리핑,

<중앙일보> 기고문, 2004년 4월)

청와대 관저와 대통령을 묘사하면서 '핑'을 등장시켰다. 관저에 유폐되다시피 한 대통령의 입장에서는 우연히 목격한 '핑'의 의미가 과연 어떤 것이었을까? 굳이 정색하고 말하지 않아도, 길게 설명하지 않아도 무방하다고 생각했다, 갇힌 대통령과 날아오는 새를 대비하는 것만으로도 독자들의 상상력을 자극하기에 충분하다고 보았다.

모든 사정을 미주알고주알 설명하는 것이 미덕은 아니다. 친절하다는 평은 들을 수 있겠다. 하지만 재미있다는 평까지 듣기는 쉽지 않다. 때로는 '반전'과 '적절한 생략'이 재미를 불러오는 요소가 된다. 영화가 무척 재미있다고 느껴지면서 빠져드는 경우가 있다. 나의 예측과는 다르게 스토리가 전개될 때다. 고비마다 적절한 생략이 있어서 상상하거나 추론하게 될 때다.

"설마 지금도 자고 있을까?"
지긋한 나이의 할머니와 할아버지 예닐곱 분이 대통령의 사저를 향해 천천히 발걸음을 옮기던 중, 할머니 한 분이 당치도 않다는 듯 큰소리로 말합니다. 5월 중순의 15일 아침 9시 무렵의 일. 아마 일행 중 누군가가 대통령의 얼굴을 꼭 보겠다는 할머니의 작은 소망에 찬물을 끼얹는, 당치 않는 농담을 던진 모양입니다. 아쉽게도 이날 할머니는 기대를 이루지는 못했습니다. 그 시간 대통령이 이미 외출 준비를 시작하고 있었기 때문입니다. 유난히 낮아 보이는 사저의 담장 위로 가는 봄의 정겨운 아침 햇살이 쏟아져 내리고 있었습니다.

('낮은 사람 노무현의 다시 찾은 봄날', '사람 사는 세상' 홈페이지,
'봉하일기' 기고문)

이 사례는 퇴임 후 귀향한 대통령의 일상을 설명한 글의 첫머리이다. 대통령을 보기 위해 사저 앞을 찾아온 어르신 방문객들의 모습을 그렸다.

'설마 지금도 자고 있을까?'

이 대목을 읽는 독자들은 이게 무슨 의미일까 궁금해하면서 다음의 글을 기다릴 것이다. 누구에게 하는 이야기인지, 자고 있을지도 모를 사람은 또 누구인지, 궁금한 것이 제법 많다. 그렇게 독자의 상상력을 불러일으키는 요소가 글을 이끌고 가는 또 하나의 동력이 된다.

상상력은 이야기의 시작이기도 하고 끝이기도 하다. 그렇듯 상상하는 것은 그 무엇이든 글이 되고 이야기가 된다. 상상하는 과정에서

상상력은 끊임없이 단련되고 확장된다. 다만 상상력은 작가의 전유물이 아니다. 독자에게도 상상력의 여지를 충분히 남겨두어야 한다. 그것이 좋은 글이다.

눈앞에 그려지도록 묘사했는가?

초등학교 6학년 시절 우리 집은 홍대 입구 와우산 중턱의 길옆이었다. 시민아파트 단지에 사는 사람들이 그 길을 따라 오르내렸다. 안방에서 창문을 열면 사람들이 오가는 모습을 볼 수 있었다. 아무리 오래 보고 있어도 전혀 지겹지 않았다. 문제가 하나 있었다. 창문이 높아 반드시 선 채로 봐야 했다. 나의 로망은 따뜻한 아랫목에 앉은 채로 바깥세상을 구경하는 데 있었다. 어려서부터 그런 동경이 있었던 탓일까? 나는 다락방을 무척 좋아했다. 신혼 시절 부천의 단칸방에 살 때에도 나는 다락방에 자주 올랐다. 적어도 나에게 다락은 단순히 잡동사니를 쌓아두는 장소가 아니었다. 길게 누운 채로, 한쪽에 난 창을 통해 바깥세상을 구경하는 장소였다.

지금도 나는 작은 네거리에 위치한 아파트의 중간층에 살고 있다. 높은 곳에서 바깥을 내다보는 재미가 쏠쏠하다. 외국을 여행할 때에도 나는 이 재미를 놓치지 않는다. 그래서 숙소 객실의 창이 인적도 드물고 후미진 뒷골목 쪽으로 나 있으면 실망감을 감추지 못한다.

이런 유형의 관찰을 좋아하는 것은 어떤 심리일까? 자신을 익명의 세계에 철저하게 가둔 채 숨어서 세상을 보는 즐거움 같은 것. 나쁘게 말하면 관음증 같은 게 아닐까 싶다. '관음증(觀淫症)'이 아니고 '관음증(觀音症)'이다. 전자는 성적(性的)인 경우를 말한다. 영어로는 다 같이 voyeurism이라고 한다. 아무튼 사전적인 의미의 관음증(觀音症)은 엿보기 심리다. 알지 못하는 사이에 훔쳐보기를 통해 쾌락을 느끼는 증상이다. 그런 성향 탓일까. 나는 유독 알프레드 히치콕의 영화를 좋아한다. 그중에서도 <이창>(1954)은 압권이다.

누구에게나 약간의 엿보기 심리가 있다는 이야기도 있다. 글을 쓰고 난 후에는 과연 독자의 그런 심리를 조금이라도 충족시켰는지 꼼꼼하게 점검해볼 필요가 있다. 다음의 글을 보자.

산책길에서 길고양이 한 마리를 자주 만난다. 어디서 나타나는 것인지 모르겠다. 녀석은 나를 보면 반가워하는 표정이다. 오늘도 녀석을 마주쳤다. 며칠 동안 날이 몹시 추웠는데 그래도 잘 버텨준 모습을 보고 다행이다 싶었다. 아는 척을 하려고 불러보았다. 들었는지 못 들었는지 녀석은 금세 다른 고양이들과 함께 맞은편 비탈로 달려갔다.

이렇게 쓸 수도 있겠다. 그러나 이 글에서는 꾸준한 관찰의 흔적이 보이지 않는다. 산책길에서 날마다 만나는 길고양이라면 좀 더 관심을 갖고 깊이 있게 관찰해보자. 녀석은 과연 암놈일까, 수놈일까? 잠은 어디서 자는 것일까? 무엇을 먹으며 어떤 친구들과 살고 있는 것일까? 특이한 행동이나 습관은 없는가? 꾸준한 관찰의 흔적이 보이면 독자들은 자연스럽게 글 속의 세상으로 빠져들게 된다. 그래서 일상의 이면에 있는 감성을 느끼고 깨닫게 된다.

그 다리 밑을 지날 즈음이면 녀석은 어김없이 아래쪽 비탈에서 살며시 기어나왔다. 꼬리가 하늘을 향해 쭉 뻗어 있었다. 반가움의 표시로 생각했다. 며칠간의 맹추위에 고생이 심했는지 몸의 곳곳에 흙먼지가 묻어 있었다. 어릴 적에 눈병을 심하게 앓았던 탓에 녀석의 시선에는 초점이 맞지 않아 보이는 구석이 있었다. 근처에서 호랑이 무늬를 가진 길고양이는 녀석이 유일했다. 그래서 나는 녀석에게 마음속으로 '호피냥'이라는 이름을 붙여주었다. 반가운 인사를 하려는 순간, 녀석은 다시 수컷의 무리들과 어울리는가 싶더니 건너편 비탈로 달려갔다. 다시 번식의 계절인가 보다.

관찰의 결과는 모두 쓸거리가 된다. 깊이 있고 촘촘한 관찰일수록 독자의 눈앞에 그려지는 광경은 더욱 입체적이고 구체적이 될 것이다. 마찬가지로 봄의 등산길에서 만나게 되는 꽃들의 모습도 눈여겨보자. 꽃의 이름은 무엇인지, 피는 시기는 이른 봄인지 늦봄인지, 꽃잎은 몇 장인지 살펴보자. 산에서 내려와 돌아오는 길에는, 지하철 안에서 휴대폰 삼매경에 빠지기보다는 세상과 사람들의 모습을 관찰해보자. 직업은 무엇일지, 나이는 얼마일지, 어디서 어디로 가는 것일지 나름대로의 추측을 보태면서 살펴보자.

집으로 돌아오는 길, 지하철은 무척 붐볐다. 휴일이라 객차 안이 텅텅 비었을 것으로 생각했는데, 예상이 틀렸다. 몇 정거장이 지나고 나서야 자리가 비면서 가까스로 앉을 수 있었다. 사람들은 무심한 얼굴로 각자의 휴대폰을 보기에 바빴다. 휴일 오후인 탓일까? 출근 때와 달리 남녀노소의 승객이 골고루 있었다. 맞은편 중년의 부부는 말끔한 정장 차림이었는데, 지인의 결혼식에 다녀오는 모습으로 보였다. 옆자리에는 초등학교 저학년으로 보이는 남자아이가 엄마와 같이 앉아 있었다. 따분했는지 아이는 연신 자리에서 앉고 일어나기를 되풀이하고 있었다. 그러면서 무언가를 계속 조르고 있었는데, 엄마는 피곤한 탓인지 대꾸도 하지 않은 채 꾸벅꾸벅 졸고 있었다.

흔히들 '악마는 디테일에 있다.'고 한다. 디테일이 거저 확보되는 것은 아니다. 책도 열심히 읽어야 하지만, 세상과 끊임없이 교류하며 소통하는 것도 중요하다. 사람들이 삶을 살아가는 다양한 모습과 이야기를 보고 들어야 쓸거리가 생기고, 나아가 독자들의 눈앞에 현실처럼 그려지는 묘사를 할 수 있다. 소통과 교류도 일종의 관찰인 셈이다.

청와대에서 제1부속실장과 연설기획비서관으로 일하던 시절, 나는 대통령의 일거수일투족을 기록하는 업무도 함께 맡았다. 그때의 기록들을 바탕으로 최근 5년 동안 노무현 대통령에 대한 책을 계속 출간해왔다. 당시 나는 대통령의 말씀을 위주로 기록했다. 그것이 가장 중요하다는 생각 때문이었다. 이어서 회의나 접견에 참석한 장관과 참모의 이야기를 적절히 기록했다. 결국 기록의 대부분은 사람들의 말씀과 이야기였다. 그 내용을 바탕으로 글을 정리하여 책을 펴냈더니 반응이 기대만큼 썩 좋지는 않았다. 책이 술술 읽히도록 만드는 동력이 부족했다. 말하자면 재미가 없는 것이었다. 읽는 사람을 몰입시켜야 하는데 그런 묘사나 장치가 없었다. 예를 들면 다음과 같다.

이날 아침 대통령은 씁쓸한 표정으로 두 가지 점을 이야기했다. 하나는 대통령의 영향력에 대한 고정관념이었고, 다른 하나는 당과의 관계였다. 역시 기록으로 남겨두라고 지시했다.

"대통령의 영향력에 대한 인식을 낮출 필요가 있다. 이번 일이 거기에 기여했으면 좋겠다. 제왕적 대통령이 없어졌다고 말하면서도, 모든 것은 대통령 손에 있다는 인식은 여전하다. (중략) 대통령의 영향력에 대한 관념을 고칠 필요가 있다."

"대통령 5년이란 시간이 길다. 강화되는 측면도 있지만 마모도 심하다. 마모가 되다보니 약발이 자꾸 떨어진다. (중략) 국민들의 입장에서 보면 정권이 지루할 것이다."

"왜 강은 똑바로 흐르지 않는 것일까? 해외에 나갈 때 비행기에서 내려다보면 어떤 강이든 똑바로 흐르는 법이 없다. 뱀보다도 훨씬 구불구불 흐른다. 볼 때마다 이상하다는 생각이 든다."

이날 오후 대통령은 청와대를 떠나는 문재인 민정수석과 환담했다. 정치를 하지 않겠다는 문재인 수석에게 그는 아쉬움을 토로했다. 그 대신 영남 지역에서 기반을 마련하는 데 힘을 보태줄 것을 당부했다.

"정치를 하기 싫다고 하니 어쩔 수 없지만, 나는 정치를 그만두기 어려우니 관리를 해주세요. 인연이 그렇게 맺어진 걸 어떡합니까?"

5월 초, 대통령은 새로 임명된 수석 및 보좌관들과 오찬을 했다.

대통령이 이야기한 내용이 계속 이어진다. 사실상 대통령의 말씀이 시작이고 끝이다. 사람을 만나는 장면을 묘사할 때에도 대통령의 이야기만 거듭 묘사된다. 주변의 상황, 사람들의 몸짓이나 표정에 대한 묘사는 거의 없다. 이래서는 사람들의 눈앞에 그려지는 묘사라 할 수 없다. 어찌 보면 재미가 없는 게 당연하다. 그 후로 다른 사람들의 글을 눈여겨보았다. 비슷한 경우도 물론 있었지만 차원이 다른 글도 있었다. 예를 들면 이런 식이다.

　일본 순방을 위해 출발하는 날 아침이었다. 대통령은 초록색 스트라이프가 그어진 넥타이를 매고 관저의 식당으로 나왔다. 창을 통해 들어온 겨울햇살 덕분에 식당 안에는 온기가 감돌았다. 민정수석과 정무수석이 식탁 옆에 서서 기다리고 있었다. 메뉴는 홍합 미역국이었다. 대통령은 두 숟가락을 들어 맛을 본 뒤 웃으며 말했다.
　"오늘은 특별히 맛이 좋은데요."
　정무수석이 파안대소하면서 답했다.
　"아주 좋습니다. 야당 대표와 회동하는 날, 이 메뉴도 좋겠습니다."
　화제가 자연스럽게 야당 대표와의 회동 문제로 넘어갔다. 대통령은 양복상의의 안주머니에서 메모지를 꺼내었다. 몇 번을 접었는지 꼬깃꼬깃해져 있었다. 우선 지시할 사항이 있었던 것이다.

　기록할 당시에는 주변의 사소한 정황에 그다지 주목하지 않았다. 그런데 정작 글을 쓸 때는 그것이 상당히 중요한 요소로 작용하고 있었다. 현실감 있게 묘사하기 위해서는 현장의 다양한 상황을 깊이 관찰해야 한다는 점을 깨닫게 되었다. 그래야 입체적인 글을 쓸 수 있는 것이었다.

이처럼 주변의 작은 정황도 허투루 지나치지 말고 소중히 다루어야 한다. 그것이 좋은 글을 만드는 훌륭한 소품이 되기 때문이다. 요즘에는 인터넷만 잘 검색해도 과거의 사실들을 쉽게 확인할 수 있다. 언제 어디에 눈이 얼마나 내렸었는지도 파악할 수 있다. 굳이 관찰하지 않아도 검색만 잘하면 부족한 대목을 커버할 수 있는 것이다. 그러나 아무리 검색을 잘해도 거기에는 한계가 있을 수밖에 없다. 다음과 같은 묘사를 보자.

귀빈정이 한산도의 접안시설에 닿자, 대통령 내외와 일행이 내렸다. 곧바로 충무공 유적이 있는 제승당에 올랐다. 가는 길에서 그는 관람을 마치고 내려오는 사람들과 마주쳤다. 뜻하지 않는 곳에서 대통령을 만났다는 사실이 신기하다는 표정들이었다. 40~50대로 보이는 여성들 가운데 일부가 대통령의 일거수일투족을 보며 박장대소를 했다.

"대통령을 보다니 정말 어이가 없네요."

"엄마야, 세상에나…."

"바로 말씀 잘하시네요."

대통령은 사람들의 인사에 정성을 담아 응대했다.

(《바보 산을 옮기다》, 윤태영 지음, 문학동네)

봉하의 들은 어머니처럼 포근했고, 봉화산은 아버지처럼 듬직

했다. 찌들지 않은 맑은 공기에 그의 숨통이 트이고 있었다. 너른 벌판 때문에 시야는 커지고 눈은 맑아졌다. 일찍 일어난 농부가 모판을 옮겨 놓는 논에서는 황새들이 날아올랐다. 새들은 멀리 날아가지 않고 근처의 논에 다시 내려앉더니 물속에서 벌레들을 찾았다. 봉하의 논이 그들의 집인 양, 새들은 지형에도 익숙했고 행동에도 거침이 없었다. 서식하는 권역이 어디까지 이르는지는 알 수 없었다. 멀리 낙동강 하구에서 오는 것일 수도 있었고 가까운 화포천의 습지에서 오는 것일 수도 있었다.

(《기록》, 윤태영 지음, 책담)

이런 묘사가 가능하려면 인상 깊은 장면을 접할 때마다 깊이 있게 관찰하면서 꼭 메모해두어야 한다. 어쩌면 모두 부질없어 보이고 귀찮을 수도 있다. 그러나 정작 글을 쓸 때면, 메모한 글자 하나하나가 정말 귀중하고도 보배와 같은 존재가 된다.

꼼꼼한 취재로 새로운 경험을 제공했는가?

내가 대변인으로 일할 때는 날마다 오후 두 시에 정례브리핑을 했다. 오전에 열린 행사에 대해 브리핑하는 경우가 많았다. 특별한 사안이 있으면 수시로 나와서 브리핑해야 한다. 대변인의 일은 발표로 끝나는 것이 아니다. 행사와 관련된 것이든, 아니면 현안에 대한 것이든 기자들의 질문에 대답해야 한다. 어쩌면 발표보다 더 신경을 써야 하는 대목이다. 사실 발표는 정리하여 준비된 원고를 읽으면 그만이다. 그러나 문답의 경우는 질문이 다종다양하고 천차만별이다. 중심을 잘 잡고 답변해야 한다. 말 한마디를 잘못 삐끗하면 설화가 생길 수도 있고 나아가 대형사고로 이어질 수도 있다. 그만큼 말조심을 해야 하는 자리였다.

내용이 어떤 것이든 발표하고 나면 긴장하게 된다. 질문이 어떻게 나올지 약간의 두려움이 앞선다. 청와대의 입장에서 보면 불편한 질문들이 제법 많다. 예상답변을 준비한다고 하지만 꼭 그대로 문답이 진행되는 것도 아니다. 중요한 사안이 있을 때면 질문 세례가 쏟아진다. 그런데 민감한 이슈가 없는 일상에서는 질문이 그다지 많지 않다. 한두 개로 끝나는 경우도 있다. 그러면 그것으로 끝일까? 대변인은 모든 질문에 답한 것일까? 결코 그렇지 않다.

연대에서 내려와 2층에서 1층으로 내려오면 적지 않은 수의 기자들이 대변인을 에워싼다. 기다리던 기자들도 있고 나중에 합류하는 사람들도 있다. 조금 더 편안한 분위기에서 소소한 문답을 주고받는다. 연대가 아니라고 해서, 마이크가 없다고 해서, 긴장을 풀고 말하면 안 된다. 대변인의 말은 언제 어디에서나 청와대의 입장이 되고 대통령의 생각으로 유추되기 때문이다. 연대에 서 있을 때에는 질문이 두세 개뿐이지만, 이런 자리에서는 이래저래 10여 개에 달할 수도 있다. 가끔 문답이 길어지면 조금 더 편안한 곳으로 옮겨 자리에 앉은 채로 이야기를 주고받는다. 단순한 사실을 확인하는 질문도 있다. 얼핏 청와대와 무관할 듯싶은 사안을 거론하며 입장을 묻는 질문도 있다. 대변인은 그 모든 질문에 답해야 한다. '노코멘트'도 하나의 의사표시다. 모르는 것을 굳이 아는 체 할 필요는 전혀 없다. 아니 결코 해서는 안 된다. 나중에 사실이 아닌 것으로 밝혀질 경우 엄청난 후폭풍을 감당해야 한다. 최소한 '모른다.'는 대답은 대부분의 기자들이 양해한다.

"제가 지금은 모릅니다. 관계자들에게 확인한 후 별도로 답변 드리겠습니다."

이것이 최선의 답변이다.

그렇게 선 채로 또는 잠시 앉은 채로 10여 개의 질문에 답하고 일어선다. 청와대 기자실인 춘추관의 문을 나서면 이제 문답은 끝이 나는 셈이다. 그곳에서 차를 타거나 아니면 걸어서 사무실로 향하게 된다. 그런데 한숨 돌렸다 싶은 그 순간부터 진짜 문답이 이루어진다. 기자들의 개별취재가 시작되는 것이다. 연대에서 받는 질문의 양과 비교되지 않는다. 출입기자들이 각자 나름의 기사를 작성하기 위해 우선 공식창구인 대변인을 대상으로 취재경쟁을 벌이는 것이다. 질문의 폭과 깊이도 참으로 다양하다.

기자들은 왜 공개적인 취재의 장보다는 개별취재를 선호하는 것일까? 두말할 것도 없다. 차별화된 기사를 쓰기 위해서이다. 남다른 기사, 나아가 특종을 만들어보겠다는 의지의 소산이다. 그러기 위해서는 똑같은 자리에서 함께 들은 이야기만을 바탕으로 기사를 쓰면안 된다. 그럴 바에는 통신사의 기사를 그대로 베끼는 게 차라리 나을 수도 있다. 적어도 사명감과 책임감을 가진 기자는 남과 다른 기사를 쓰고 싶어 하기 마련이다. 개별취재에 신경을 쓸 수밖에 없다.

앞서 말했던 상상력과 관찰력은 사람마다 차이가 있을 수 있다. 그러나 절대적인 한계는 있을 것이다. 빼어난 관찰력을 가진 사람들이 어디 한둘뿐이겠는가. 그들이 각자 어떤 사물이나 사안을 면밀하게 관찰하고 검토한 끝에 글을 썼다고 가정하자. 약간의 차이는 있겠지만 내용은 대동소이할 가능성이 높다.

다른 사람과 똑같이 관찰한 내용, 남과 함께 들은 내용만으로 자신의 글을 썼다고 하자. 어쩌면 비슷한 내용의 글은 이미 세상에 나와 있을 수도 있다. 많은 사람들이 수없이 써왔던 내용일 수도 있다. 조금이라도 독창적이고 싶다면, 그래서 독자에게 새로운 사실을 선물하고 싶다면 단순히 보고들은 데서 끝나면 안 된다.

그렇다면 어떻게 해야 할까? 발품을 팔아야 한다. 때로는 쪽팔림도 감수해야 한다. 이른바 '귀차니즘'을 떨쳐내야 한다.

"발로 쓴 글이 머리로 쓴 글보다 훌륭하다."

이런 말도 있다. 우선 열심히 돌아다니며 취재해야 한다. 남다른 것을 얻으려면 사람들이 발길을 들이지 않는 곳으로 가야 한다. 거기에 미지의 세계가 있고 새로운 이야기들이 있다.

여행기를 쓰기 위해 제주도를 찾았다고 하자. 산굼부리에도 오르고 쇠소깍에서 카약을 탔다. 7번 올레길을 걸었고, 용눈이오름에 올라 멀리 성산일출봉을 바라보았다. 마라도에 가서는 짜장면을 먹었고 용담 해안도로에서는 다금바리 회를 먹었다. 이런 이야기들을 모아 감상을 적는다면 색다른 여행기가 탄생할까? 가능성이 적다. 물론 감상을 어떻게 표현하느냐가 관건이겠지만…. 그래도 차별화된 제주여행기를 쓰고 싶다면 한 차원 더 깊이 들어가야 하지 않을까?

애월읍 소길리를 지날 때 팽나무 밑 벤치에 앉은 할아버지를 보았다. 정말 제주도 돌하르방을 닮은 할아버지였다. 멀리 고내포구 쪽 바다로 시선을 고정한 채 할아버지는 담배를 피워 물고 있었다. 연기가 바람에 금세 흩어졌다. 오늘도 제법 바람이 셌다. 제주가 삼다의 섬이라는 사실을 다시 확인하는 순간이었다.

이런 글이 있다고 하자. 하나하나 뜯어볼 때 남다른 구석이 있다고 보기는 어렵다. 그 무렵 그곳을 지나간 사람이라면 누구나 쓸 수 있는 글이 아닐까? 이렇게 만인이 쓸 수 있는 글이라면 어느 특정인의 저작으로 남기는 어렵다.

카피나 슬로건도 다르지 않다. 부산 출신 정치인에게 멋진 카피가 하나 생겼다.

부산의 미래, 홍길동

얼핏 좋은 카피로 보인다. 그런데 거기에 홍길동이라는 이름 대신 다른 사람의 이름을 넣어보자. '부산의 미래, 임꺽정'도 있고 '부산의 미래, 박문수'도 있을 수 있다. 그들이 모두 부산 사람이라면 어떨까? 이것 역시 만인의 카피가 될 수도 있다. 홍길동의 카피가 아닌 것이다. 다른 사람의 이름을 넣어도 되는 카피는 좋은 점수를 주기 어렵다.

마찬가지로 누구나 쓸 수 있는 글에 만족하면 안 된다. 한걸음 더 나아가서 혼자만 쓸 수 있는 글을 써야 한다. 다시 제주도 소길리로 돌아가자.

애월읍 소길리를 지날 때 팽나무가 눈에 들어왔다. 모습이 예사롭지 않았다. 제주도 말로는 '폭낭'이라고 한다. 수령이 백 년도 훨씬 넘었다고 한다. 병들어 죽을 뻔했던 나무를 마을사람들이 살려내 오늘에 이르렀다고 한다. 나무 밑 벤치에 할아버지 한 분이 앉아 있었다. 뭉툭한 코에 커다란 눈망울이 정말 제주도 돌하르방을 닮았다. 멀리 고내포구 쪽 바다로 시선을 고정한 채 할아버지는 담배를 피워 물고 있었다. 연기는 바람에 금세 흩어졌다. 오늘도 제법 바람이 셌다. 제주가 삼다의 섬이라는 사실을 다시 확인하는 순간이었다.
　'바람이 불어오멍, 먼저 간 할망 생각이 더 남주게.'
　할아버지에게 할머니의 사연을 물었다. 그러나 할아버지는 더 이상 입을 열지 않았다.

이렇게 바꾸어보면 어떨까? 이 사례는 그냥 상상력으로 써본 것이지만, 어쨌든 남다른 여행기를 정말 쓰고 싶다면 팽나무 밑에서 담배를 물고 있는 할아버지에게 한마디라도 더 물어보는 게 어떨까? 그러면 남들이 포착하지 못한 이야기보따리를 혼자만의 것으로 가져올 수도 있다. 독자들에게 새로운 사실들을 제공할 수 있을 것이다. 그것이 바로 발품의 대가이다. 쪽팔림의 보상이다. '귀차니즘'을 과감히 떨쳐낸 데 대한 하늘의 선물이다.

나의 지인은 식당에만 가면 주인아주머니를 붙잡고 음식 메뉴에 대해 이것저것 묻는다. 말투도 다정하다. 관심을 보이는 손님이 반가운지 주인아주머니는 비결에 대해 미주알고주알 이야기해준다. 두 사람의 대화를 듣고 있으면 밥이 어디로 들어가는지 모를 정도다. 주변사람들의 시선을 의식하면 창피한 느낌도 든다. 그래도 꾹 참고 둘의 대화를 끝까지 들으며 밥을 먹는다. 식당 문을 나설 무렵 내 머릿속은 그 식당의 음식에 대한 정보로 가득 채워진다. 세상에 공짜는 없다. 쓸거리든 이야깃거리든 무언가를 지불하지 않으면 절대로 내 것이 되지 않는다.

남과 다르게 관찰하고 듣고 싶다면 메모하거나 녹음하는 습관에 익숙해질 필요가 있다. 아무리 기억력이 좋아도 스치듯 보고 들은 것을 언제까지나 머릿속에 저장해둘 수는 없는 법이다. 따라서 좋은 글을 쓰려면 한 손에 또는 주머니 속에 수첩을 휴대하고 언제라도 취재할 수 있도록 준비해야 한다. 그러나 이것도 옛날이야기다. 지금은 꼭 수첩을 들고 다니지 않아도 된다. 휴대폰이면 모든 게 다 해결된다.

휴대폰의 메모 기능을 적절히 활용하면 된다. 이것이 어려우면 양해를 구하고 녹음해도 좋다. 어디에 가서 안내판의 설명문을 일일이

적을 필요도 없다. 사진으로 찍어놓으면 된다. 세상은 글쓰기에 편하도록 진화에 진화를 거듭하고 있다. 메모한 내용이 많아지면 글은 이미 절반이 완성되는 셈이다.

노무현 대통령은 메모 마니아였다. 아침에 관저에 올라가서 일일 점검회의를 하면 하룻밤 사이에 적어놓은 메모지 대여섯 장이 옷의 이곳저곳에서 튀어나왔다. 바지 뒷주머니에서, 와이셔츠 앞주머니에서, 양복 상의 안주머니에서 한 장씩 튀어나왔다. 뉴스를 시청하다가 생각나면 적고, 목욕 중에도 좋은 생각이 떠오르면 물기 젖은 손으로 메모했다고 한다. 대통령으로서의 책임감과 사명감 때문이었을 것이다. 스스로를 작가라고 생각하고 좋은 글을 써야 한다는 사명감과 책임감을 가져보자.

나는 화장실에 앉아 있을 때 좋은 아이디어가 떠오르는 편이다. 휴대폰이 있으면 반드시 메모해둔다. 잠자리에 누워 캄캄한 어둠을 응시할 때에도 기가 막힌 아이디어가 떠오르곤 한다. '아침에 일어나는 대로 메모해두어야지.' 예전에는 이랬었다. 지금은 절대 그렇게 하지 않는다. 아침에 일어나면 그런 생각을 했던 사실조차 잊어버린 적이 한두 번이 아니기 때문이다. 메모는 생각났을 때, 그 자리에서 하는 것이다.

진솔한 이야기가 담겨 있는가?

원고를 마감하기 전에 반드시 챙겨봐야 할 사항이 하나 있다. 과연 '자신의 이야기가 진솔하게 담겼는가?'이다. 나 역시 글을 쓴다고 썼는데, 남의 이야기만 잔뜩 늘어놓은 적이 셀 수 없이 많다. 세상의 좋은 이야기는 다 모아서 담는데, 정작 자신을 말하는 대목이 없다면 그 글은 백점을 받기 어렵다. 이름을 걸고 나가는 글에는 꼭 자신의 생각이나 경험을 드러내고 담아야 한다.

자신이 살아온 이야기를 진솔하게 담는 것, 자신의 주장을 담백하게 풀어내는 것, 어쩌면 그것이 차별화된 글쓰기의 시작이다. 그것이 바로 남다른 이야기다. 자신이 살아온 경험, 그 과정에서의 느낌은 세상에서 유일무이한 것이다. 그것을 글로 표현하면 된다.

"살아온 게 그저 평범할 따름인데, 뭘 쓸 이야기가 있다고⋯⋯."

이런 반문이 있을 수도 있다. 평범한 삶이란 과연 어떤 것일까? 겉

보기에 굴곡이 없으면 무조건 평범한 것일까? 그렇다면 평범하지 않은 삶은 어떤 것일까? 영화 같은 삶일까? 실제의 현실에서 영화 같은 삶을 사는 사람은 과연 몇이나 될까? 의문을 제기하고 싶다.

얼굴 모양과 지문이 천차만별이듯이 이 세상에 똑같은 삶을 사는 사람은 없다. 평탄하면 평탄한 대로 특이한 삶이다. 평탄하지 않으면 그대로 또 특이한 삶이다. 자신이 살아온 삶과 경험을 한번 돌아보자. 삶의 어느 한 장면에서 마음을 애타게 졸인 적은 없었는지, 누군가를 죽도록 원망한 적은 없었는지, 아니면 그 누군가를 가슴 시리도록 좋아한 적은 없었는지, 표현 못할 두려움에 벌벌 떤 적은 없었는지, 가만히 되돌아보자. 그 모든 것이 이야깃거리다. 그 이야기를 주저하지 말고 써내려가 보자. 어쩌면 그것이 여행기나 소설보다 더 차별화된 자신의 글일 수 있다.

대중연설을 할 때, 노무현 대통령은 유명한 철학자나 역사학자의 멋있는 말을 인용한 적이 거의 없었다.

"위대한 역사가 아놀드 토인비는 《역사의 연구》에서 이렇게 이야기했습니다. 인류의 역사는 도전과 응전의 역사입니다."

말하자면 이런 방식의 인용이 거의 없었다. 중국이나 한국의 고사도 인용한 사례가 손꼽을 정도다. 그 대신, 자신이 어린 시절 고향에서 경험했던 이야기들을 사례로 든 예는 수도 없이 많다.

자신이 살아오면서 경험한 이야기라면 누구나 큰 어려움 없이 써나갈 수 있다. 기억이 아련하면 그대로 희미한 터치로 쓰면 된다. 아주 선명한 기억은 그대로 소상하고 세밀하게 묘사하면 된다. 남들이 미처 알 수 없었던 내면의 이야기도 조심스럽게 드러낼 수 있다. 기억이 분명하다면 굳이 다른 사람을 오랜 시간 취재하지 않아도 된다. 무언가를 뚫어지게 관찰하지 않아도 좋을 것이다. 현실감 있게 입체적으로 묘사하는 것이 충분히 가능하다.

경험을 계속 써나가다 보면 언젠가는 쓸거리가 없어질 수도 있다. 그때는 또 무엇을 써야 할까? 쓰는 일에 어느 정도 익숙해졌다면 이제 자신의 일상을 묘사해보면 어떨까? 일상에서 만나는 사람들, 그들과 주고받는 이야기, 나아가 세상과의 교감을 통해 우리는 많은 감상을 얻는다. 그 느낌은 오롯이 자신만의 것이다. 그 느낌을 조심스럽게 글에 담아보자. 그렇게 써나가기를 거듭하다 보면 글의 주제도 점차 더 넓은 세상으로 확장되어 나갈 것이다.

자신의 경험을 쓴다 해서 전적으로 기억에만 의존해서는 안 된다. 때로는 자신이 기억하고 있는 내용이 사실과 크게 다를 수도 있다. 내 머릿속에서는 화석처럼 굳어진 기억이지만 실제로 확인해보니 사실과의 괴리가 엄청났던 경우가 수도 없이 많았다. 배경이 되는 사건이 있다면 당시의 신문도 찾아봐야 한다. 살던 옛 동네를 구체적으로 묘사하기에 앞서 인터넷을 검색하여 그때 그곳의 풍광이 어떠했는지 확인해보면 좋다. 때로는 사람들에게 직접 물어보는 수고도 기울여야 한다.

또한 퇴고하는 과정에서는 남의 글, 또는 다른 사람의 이야기로 생각되는 대목을 과감히 들어낼 필요가 있다. 유명한 사람의 이야기라 해서 무조건 설득력을 갖는 것은 결코 아니다. 적재적소에 쓰여야 효과를 발휘하는 법이다. 오히려 잘못 인용하면 독자의 입장에서는 공허하게만 느껴질 수도 있다. 그러고 나서 그 빈자리를 자신의 진솔한 이야기로 채우면 어떨까? 치열했던 경험도 좋고 깊은 고민의 흔적도 좋다. 독자는 현실감이 느껴지는 생생한 이야기에 오히려 공감의 한 표를 던질 것이다. 다음 두 글의 사례를 놓고 판단해보자.

수신제가치국평천하(修身齊家治國平天下)라는 말이 있다.《대학》에 나오는 말로 자신의 몸과 마음을 잘 수양하고 가정을 이루어 가정 또한 편안하게 하며 나라를 잘 다스리면 천하를 평정할 수 있다는 뜻이다. 과연 나는 이런 가르침을 실천하며 살았는가? 뒤돌아보면 전혀 그렇지 못한 것 같다.

청와대 대변인 시절, 나랏일이 바쁘다는 핑계로 한창 자라는 아이들과 제대로 이야기를 나눠본 적이 없었다. 식탁에 마주앉아 밥을 먹은 적도 거의 없었다. 식구라는 말이 무색할 정도였다. 과연 나는 잘 살았던 것일까? 뒤돌아보면 전혀 그렇지 못한 것 같다.

퇴고할 때 절대 생략할 수 없는 과정이 하나 있다. 바로 검증이다.

그 어떤 글을 쓰더라도 검증은 필수이다.

글은 오래도록 남는다. 요즘 같은 정보화시대에는 더욱 그렇다. 잠시 간단하게 쓴 글조차도 어딘가에 기록이 되어 영원히 남아 있게 된다. 무심코 한 번 뱉은 말도 각종 동영상자료를 통해 기록으로 남는 세상이다. 그런 만큼 오류를 최대한 줄여야 한다. 손에서 내보내는 순간까지 글의 표현과 내용이 사실에 부합하는지 철저하게 검증하는 습관을 들여야 한다.

비유나 속담을 인용할 때에도 그 의미에 맞게 정확하게 활용되었는지 검증해보아야 한다. 익히 알고 있는 낱말이나 표현이라도 미심쩍으면 사전을 뒤져보아야 한다. 최근 어떤 글을 쓰다가 우연히 '개판 5분 전'이라는 표현의 유래가 궁금하여 사전을 검색해보았다. 전혀 뜻밖의 설명이 거기에 있었다.

'개판 5분 전'은 한자로 '開版五分前'이었다. 한국전쟁 당시 피난민들이 부산에 몰려왔는데, 그들은 낯선 타지에서 밥을 제대로 얻어먹을 수 없는 형편이었다. 그때 누군가가 그들을 위해 밥을 지어 제공했다고 한다. 그래서 식사할 시간이 다가오면 사람들이 구름처럼 모여들어 어수선했다. 그때 식사를 제공하는 측에서 '이제 밥이 거의 다 되어 뚜껑(판)을 열기 5분 전'임을 알려주었다고 한다. 분명한 사실인지 여부는 확인할 수 없지만, 설명은 그럴 듯하다. 아무튼 '개판'이라는 표현이 우리의 흔한 생각처럼 '강아지 판'을 의미하지는 않는 것으로 보인다.

하는 김에 맞춤법도 함께 검증하면 더욱 좋겠다. 예를 들어 '안절부절'은 원래 무슨 뜻인지, 그래서 TV자막을 보면 '안절부절하다'는 표현이 눈에 많이 띄는데 이것이 옳은 표현인지, 아니면 '안절부절못하다'로 써야 하는 것인지 확인해보아야 한다. 그렇게 꼼꼼하게 검증해나가다 보면 자신도 모르는 사이에 지식과 정보의 양이 늘어나고 문법실력도 향상된다.

언론인들은 정기적으로 칼럼을 쓴다. 사회 명사들도 마찬가지다. 우리도 일주일에 한 차례 한 편의 글을 써보는 게 어떨까? 그래서 페이스북 등 SNS에 올려보자. 누가 봐주기를 기대해서라기보다는 글솜씨와 지식을 늘려가기 위해서다. 글 한 편을 쓸 때마다 거기에 사용한 낱말과 비유들을 차근차근 검증해보자. 이미 알고 있던 지식도 확인하게 되고 새로운 것도 배우게 된다. 그런 과정을 거치다 보면 점점 작가로 변신하고 있는 자신을 발견하게 될 것이다.

'당황하다'와 '황당하다'의 차이

찰리 채플린이 감독하고 주연한 영화 〈모던 타임즈〉가 있다. 중간에 주인공이 트럭을 쫓아가던 중 우연히 그 뒤를 따르던 시위대의 선봉에 서게 되는 장면이 나온다. 웃음이 나오는 그 장면을 보면서 만일 그런 일이 나에게 생긴다면 '얼마나 황당할까?' 하고 생각했다.

이 책의 원고를 마무리하던 중에 문득 '황당하다'와 '당황하다'의 차이가 궁금해졌다. 두 낱말과 관련된 우스갯소리를 익히 들어서 알고 있던 터였다. 그래서 사전을 찾아보았다. '당황하다'는 '놀라거나 다급하여 어찌할 바를 모르다(국립국어원 표준국어대사전)'라는 뜻이다. '황당하다'는 '말이나 행동 따위가 참되지 않고 터무니없다(국립국어원 표준국어대사전)'는 뜻으로 나와 있다. 사전이 정의한 의미만 보면 차이가 분명하다. 그렇다면 한문은 어떨까? 찾아보았더니 한문도 조금 달랐다. 당황은 '唐慌'이었고, 황당은 '荒唐'이었다.

포털사이트를 검색해보니 '당황'과 '황당'의 차이에 대해 다양한 문답들이 있었다. 재미있는 사례를 들어 차이점을 설명한 경우도 눈에 띄었다. 어릴 적부터 익숙하게 들어왔던 이야기도 물론 있었다. 큰일을 보려고 화장실에 앉았는데 방귀만 나올 때가

'황당'이고, 방귀인 줄 알고 힘을 주었는데 큰 게 나오면 '당황'이라는 것이다. '당황'의 사례로는 차 뒤에서 몰래 볼일을 보고 있는데 갑자기 차가 출발해버리는 경우도 나온다. 그렇다면 '황당'은 어떤 것일까? 차를 주차해놓고 잠시 쉬고 있는데 누군가가 차 뒤편에 오더니 몰래 볼일을 보는 경우가 아닐까?

어감의 차이는 확실히 있는 것 같다. 각 표현이 어떤 상황에 적절한가를 나름대로 연구해보는 것도 재미있겠다 싶었다. 차를 몰고 가다가 우연히 횡단보도 한가운데에 정차했는데 마침 신호가 바뀌어 사람들이 앞뒤로 오가는 경우는 '당황', 반대로 내가 막 횡단보도를 건너려는데 어떤 차가 횡단보도 중간에 딱 멈춰서면 '황당'이 아닐까? 헤어진 연인이 어느 날 알고 보니 나의 지인과 사귀고 있다면 '황당', 역시 그런 사실을 알게 된 옛 연인의 입장에서는 '당황'이 아닐까?

이렇게 상황을 유추해보면서 적절한 단어를 선택해나가는 것 또한 글 고치기의 유익한 과정인 듯싶다.

쓸데없는 문장이 많지는 않은가?

8년 전, 갑자기 뇌출혈이 나를 덮쳤다. 병원 중환자실에서 일주일, 일반병실에서 다시 2주일을 입원해 있다가 퇴원했다. 후유증 때문인지 몸이 이전 같지 않았다. 도시의 아파트 생활이 부담스러웠다. 공기 좋은 곳을 찾아 파주로 나갔다. 전원주택이라고는 할 수 없지만 그래도 엇비슷한 집을 구해 월세를 내고 살았다. 아픈 몸이 계기였지만 전원생활은 평소에 꿈꾸던 것이기도 했다.

모든 것이 좋았다. 아침에 일어나면 멀리 산이 보이고 새가 울었다. 식사한 후 테라스에서 커피를 한 잔 마시면 이런 게 행복이로구나 하는 생각이 들었다. 그러고는 인근의 야트막한 산에 오르고 둘레길을 걸었다. 이렇게 살 수만 있다면 더 바랄 것이 없는 생활이었다.

시간이 지나자 소소한 기쁨과 행복을 시샘하는 존재들이 서서히 모습을 드러내기 시작했다. 벌레가 그 첫 번째였다. 예상보다 심했다. 기어다니는 벌레는 그나마 괜찮았다. 모기 같은 날벌레에는 대책이 없었다. 여름철에 현관문을 잠시 열면 그 틈을 비집고 모기들이 집안으로 침투했다. 전원생활의 진면목을 마주하기 시작했다. 마당 잔디밭에는 뱀도 출현했다. 겨울이 되자 온 집안이 추웠다. 기름통의 떨어지는 눈금을 보는 일은 두려움 그 자체였다. 그 밖에도 다양한 불편들이 곳곳에 있었다. 급하게 현금이 필요하면 차를 몰고 도심으로 나가야 했다. 딸아이가 밤늦게 오는 날이면 버스정류장에 차를 대 놓고 기다려야 했다.

그 많은 불편함과 귀찮음 중에서 압권은 역시 마당의 잡초였다. 뽑아도 뽑아도 끝이 없었다. 어느 여름날 작정하고 다 뽑았는데, 다음 날 아침에 보니 새로운 잡초들이 듬성듬성 올라오고 있었다. 다음 날도 또 다음 날도 마찬가지였다.

사설이 길었다. 이제야 본론이다. 앞에서도 말했지만 이렇게 서론이 길면 좋은 글의 반열에 오를 수 없다. 어쨌든, 전원생활이 가져다준 교훈 가운데 하나가 '풀은 매일 뽑아야 한다.'는 것이었다. 글쓰기도 마찬가지다. 전날 밤, 원고를 완벽하게 마무리하고 잠자리에 들었는데 다음 날 아침에 일어나 다시 보니 고쳐야 할 표현들이 곳곳에서 발견된다. 이런 경우가 한두 번이 아니다. 그래서 나는 이렇게 생각하기로 했다.

'글은 마감하는 날까지 고치는 것이다.'

선거에 나선 후보자들이 선거일 마지막 순간까지 한 표라도 더 얻으려고 최선을 다하는 것과 마찬가지다. 얼핏 완벽해 보이는 문장도 꼼꼼히 검토해보면 더 매끄럽고 부드럽게 고칠 대목이 있다.

다시 좋아하는 골프를 칠 수 있게 되었습니다.

우리 동네 마을버스의 옆면에 한동안 붙어 있던 광고 문구다. 광고주는 누구일까? 바로 정형외과다. 골프를 좋아하던 사람이 외과적 부상을 입었다가 정형외과에서 치료받아 완쾌되었다는 의미일 것이다. 이만큼 잘 고친다는 뜻이리라. 그런데 이 문장을 보고 있으면 고개를 갸우뚱하게 된다.

골프는 다치기 전에도 좋아했고 지금도 좋아하는 스포츠가 아닐까? 그러니까 다시 치려고 하는 것 아닐까? 말하자면 골프는 '다시 좋아하는' 대상이 아니다. '다시'가 수식해야 할 대상은 '좋아하는'이 아니라 '칠 수 있게'이다. 그렇다면 '다시'의 위치를 바꾸어주는 게 좋겠다.

고친 후
좋아하는 골프를 다시 칠 수 있게 되었습니다.

감정노동자는 존중받아야 할 우리의 가족이자 이웃입니다.

최근 길거리에서 자주 접하는 현수막이다. 무슨 뜻인지는 금방 알겠다. 다만 문법적으로는 문제가 있다. '존중받아야 할'이 꾸미는 명사는 '우리의 가족이자 이웃'이다. 그중에서도 '우리'다. 이 수식어가 '가족이자 이웃'을 꾸미도록 하려면 '존중받아야 할' 다음에 쉼표가 붙어야 한다.

고친 후

감정노동자는 존중받아야 할, 우리의 가족이자 이웃입니다.

보고 싶은 그 사람의 눈동자

이 문장에서는 '보고 싶은' 대상이 '그 사람'이다.

보고 싶은, 그 사람의 눈동자

여기서는 '눈동자'가 보고 싶은 대상이 된다.

쉼표를 쓰지 않는다면 위의 문장은 어떻게 고쳐야 할까? 여러 가지 방법이 있겠다.

고친 후

- 감정노동자는 우리의 가족이자 이웃입니다. 존중받아야 합

니다.

- 감정노동자는 우리의 가족이자 이웃처럼 존중받아야 합니다.
- 우리의 가족이자 이웃처럼 존중받아야 할 감정노동자.

이처럼 글은 마지막 순간까지 끊임없이 고쳐나가야 한다. 그렇게 고침을 거듭하다보면 원래의 문장보다 나빠지는 경우도 더러 있기는 하다. 하지만 대부분의 경우는 문장이 더욱 매끄러워지고 뜻이 분명해질 수밖에 없다. 이렇게 고쳐 쓰는 과정에서 권하고 싶은 것이 한 가지 더 있다. 글을 최대한 압축하자는 것이다.

로버트 레드포드가 감독한 영화 중에 〈흐르는 강물처럼〉이 있다. 스코틀랜드 출신 목사인 아버지 밑에서 노만과 폴이라는 두 아들이 성장하는 모습을 그렸다. 몬타 주 강에서 송어를 낚는 모습이 인상적인 영화다. 브래드 피트가 동생 폴을 연기했다. 이 영화에서는 아버지인 목사가 두 아들에게 글쓰기를 가르치는 장면이 나온다. 두 아들이 글을 다 써오자, 아버지는 칭찬하면서 반으로 줄여오라는 숙제를 다시 내준다. 그 장면을 보며 나도 고개를 끄덕였다. 자신의 글을 절반으로 줄일 수 있는 능력은 매우 중요하다.

글을 절반으로 줄이려면 어떻게 해야 할까? 우선 없어도 좋은 문장이나 낱말부터 과감히 삭제해나가야 한다. 없어도 되는 표현은 없애는 게 정답이다. 자원의 낭비다. 그다음, 중요도가 낮거나 군더더기에 해당되는 대목을 삭제해야 한다. 그래도 절반으로 줄지 않는다면? 이번에는 자신이 꼭 전달하고 싶은 대목만을 살려두고 나머지는 버려야 한다. 이렇게 절반으로 줄인 다음, 그 글을 다시 절반으로 계속 줄여나간다면 마지막에는 무엇이 남을까? 제목 또는 핵심카피가 남아 있을 것이다.

청와대에서 일하던 시절, 대통령에게 올라오는 보고서 가운데에는 20여 쪽이 넘는 것도 제법 많았다. 그런데 모든 보고서의 첫 페이지에는 반드시 전체 내용이 요약되어 있어야 했다. 대통령은 바쁠 때면 보고서의 첫 장만 보고 전체 내용을 미루어 파악할 수 있었다. 20여 쪽에 달하는 내용을 한 장으로 줄이는 일은 결코 쉽지 않다. 이 이야기는 꼭 넣어야 할 것 같고 저 대목은 절대로 뺄 수 없을 것 같다. 이래저래 살리다 보면 보고서를 압축하는 일은 불가능하다. 자신이 하고 싶은 이야기를 한 페이지, 나아가 한 문장으로 압축할 수 있다면 그것은 100여 쪽의 글을 쓰는 것보다 더 뛰어난 능력이라 할 수 있다. 다음 글을 보자.

젊은 시절에는 쓸거리가 무척 없었다. 그래서 원하는 분량을 채우지 못하는 경우가 많았다. 그럴 때면 2분의 1 또는 3분의 2 정도 되는 분량을 억지로 늘렸다. 특히 1980년대 중반 무렵, 사회과학 서적을 번역하는 일로 생계를 잇던 무렵에는 번역문을 억지로 늘리기도 했다. 일본어로 된 책에는 'なければならない'나 'ざるをえない'와 같은 표

현들이 많다. '하지 않으면 안 된다.', '할 수밖에 없다.'라는 뜻이다. 이런 표현들을 번역할 때 가급적 '해야 한다'로 해주면 좋다. 훨씬 간명하다. 그런데 나는 '하지 않으면 안 된다.'를 그냥 살리려고 애썼다. 문장이 길어지기 때문이다. 그러면 글 전체가 길어지고 결국 번역료도 늘어난다. 지금 와서 생각하면 부끄러운 일이다.

문장은 얼마든지 늘일 수 있다. 다음은 위의 글을 늘려놓은 것이다. 한번 비교해 보자.

한창 젊었던 시절, 그 무렵에는 쓸거리가 무척이나 생각나지 않았다. 원고지를 앞에 놓고 있으면 머리가 하얘졌다. 그러다 보니 상대방이 원하는 분량을 채우지 못하는 경우가 비일비재했다. 달리 방법이 없었다. 원고의 분량을 요령껏 늘여야 했다. 그래서 때로는 절반의 분량을 늘이기도 했고 또 때로는 3분의 1 정도 되는 분량을 억지로 늘렸다. 특히 번역으로 먹고살던 시절에는 더욱 가관이었다. 1980년대 중반 무렵의 일이었다. 나는 영어판 또는 일본어판 사회과학 서적을 틈틈이 번역했다. 출판사에서 번역료로 챙겨주는 돈으로 생계를 이어가던 시절이었다. 그때는 초벌 번역한 글을 놓고 교정하면서 분량을 억지로 늘리기 일쑤였다. 일본어로 된 책을 보면 'なければならない(나께레바나라나이)'나 'ざるをえない(자루오에나이)'와 같은 표현들이 수도 없이 등장한다. 각각의 표현을 직역하면 '하지 않으면

안 된다.', '할 수밖에 없다.'라는 뜻이 된다. 이런 이중부정의 표현들이 자주 나오면 좋지 않다. 그래서 이런 표현들을 번역할 때면 가급적 '해야 한다'라는 식으로 강한 긍정의 의미를 담아주면 더욱 좋다. 그래야 훨씬 간명해지고 의미를 전달하기 쉽다. 그런데 당시의 나는 이런 표현을 번역하면서 '하지 않으면 안 된다.'를 웬만하면 그냥 살리려고 애를 썼다. 그렇게 하면 문장이 길어지기 때문이다. 문장들이 길어지다 보면 글 전체가 길어지고 그러면 결국 번역료가 많아질 수밖에 없다. 요즘도 가끔은 그때 생각을 하곤 하는데, 생각할수록 얼굴이 화끈거릴 정도로 부끄러운 일이다.

　어찌어찌 해서 문장을 두 배 정도 길이로 늘려보았다. 문장을 늘이는 것은 마음만 먹으면 누구나 충분히 가능한 일이다. 그러나 이런 시도는 절대로 하지 않는 게 좋다. 늘어난 글의 절반은 군더더기나 마찬가지라는 의미이기 때문이다. 하나마나한 이야기이고 자원의 낭비다. 글은 늘이는 것이 아니라 줄이는 것이다.

　특정한 주제에 대해 글을 쓸 때, 나는 먼저 구조를 잡는다. 그 다음에는 써야 할 내용을 바탕으로 대강의 목차를 만든다. 거기에 약간의 살을 붙이기 시작한다. 이때 인용하거나 활용할 자료들을 파일에 함께 담아놓는다. 그런 과정을 통해 필요한 분량의 두 배 정도 되는 글을 초고로 완성한다. 그리고 나서 글을 고치기 시작한다. 1차로 수정이 완료되면 이번에는 압축하면서 미세한 수정을 해나간다. 이런 과정을 되풀이하면 글이 간결해지고 군더더기도 없어진다. 거듭 말하지만 좋은 글은 늘여서 나오는 것이 아니라 줄여서 나온다.

퇴고는 많이 할수록 좋다. 헤밍웨이는《무기여 잘 있거라》를 서른아홉 번이나 새로 썼다고 한다. 퇴고 과정에서는 버리는 일을 주저하지 말아야 한다. 유명작가들이 퇴고할 때의 에피소드를 들어보면, 공들여 쓴 몇 쪽의 분량을 한꺼번에 들어내는 경우도 적지 않다. 잘 쓰는 사람일수록 자신의 글에 대한 집착이 덜하다는 사실을 깨우치게 되었다. 군더더기가 많은 두 문장은 하나로 압축하고, 주제와 상관없는 긴 사설이 있다면 과감히 버리자. 이 꼭지의 첫머리와 같은 사설(辭說)은 당연히 잘라내야 한다.

다음은 2005년 10월, 청와대 1부속실장으로 근무할 당시 경향신문에 기고했던 글인 '꿈은 벽을 넘지 못하고' 가운데 일부이다. 당시의 글을 지금의 기준으로 한 문단씩 압축해보았다.

고치기 전

대통령의 철학이 빚어내는 작은 변화들…. 이제는 청와대 안의 그 누구에게나 익숙해질 대로 익숙해진 변화들이다. 그 하나하나에 '대통령'이라는 잣대를 알게 모르게 들이대며 낯설어 하던 기억이 새로울 정도이다. 그러나 그렇게 변화를 만들어온 대통령에게도 여전히 미완의 과제들은 남아 있다. 쉽게 넘을 수 없었던 관행과 제도의 벽들이 군데군데 있었던 것이다.

고친 후

대통령의 철학이 변화를 빚어낸다. 청와대 안의 누구에게나 익숙한 변화다. 처음에는 그 변화에 '대통령'이라는 잣대를 대며 낯설어하기도 했다. 그런 대통령에게도 미완의 과제는 여전하다. 쉽게 넘지 못한 관행과 제도의 벽들이 곳곳에 있다.

고치기 전

"오늘은 걸어갈까?"

집무를 마친 대통령은 가끔 관저를 향해 걷는다. 녹지원을 지날 때면 이렇게 아름다운 공간을 대통령만 사용하고 있다는 것에 대해 미안함을 표현하곤 한다. 주말을 이용해 뒷산인 북악산에 올라도 대통령의 미안함은 계속된다. "하루빨리 이곳을 서울시민들에게 돌려줘야 할 텐데." 까다로운 의전도 빼놓을 수 없는, 미완의 숙제 가운데 하나. 끊임없는 변화의 시도가 이루어지지만, 쉽게 바뀌지 않는 명제다. 최근 언론사 간부 초청 오찬 당시 대통령이 입장해도 손님들이 자리에서 일어나지 않도록 한 것은 대통령의 지시에 의한 또 하나의 작은 모색이다.

고친 후

"오늘은 걸어갈까?"

대통령은 가끔 걸어서 퇴근한다. 녹지원을 지날 때면 이 아름다운 곳을 자신만 즐기고 있다며 미안해한다. 주말에 오른 북악산에서도 마찬가지다. "빨리 이곳을 시민들에게 돌려드려야 하는데." 까다로운 의전도 변화의 대상이다. 끊임없이 시도하지만 잘 바뀌지 않는다. 최근 언론사 간부를 초청했을 때 손님들은 앉은 채로 대통령을 맞았다. 그가 지시한 새로운 모색이었다.

글을 압축하는 연습은 필요하고도 매우 중요한 일이다. 나 역시 퇴고할 때마다 삭제해도 무방한 표현들이 생각보다 많은 것에 번번이 놀란다. 위에서도 말했지만 압축에 압축을 거듭하다 보면 마지막에는 한마디 인상적인 카피가 남을 수도 있다. 카피라이터란 결국 글 전체를 한마디로 압축하는 사람이 아닐까? 때로는 카피라이터의 자세로 한 꼭지의 글을 두어 문장으로 압축하는 도전도 해보자.

독자의 공감을 이끌어내고 있는가?

퇴고할 때 가장 마지막으로 점검해야 할 항목은 '글의 내용이 과연 독자들이 공감할 만한 것인가?'이다. 공들여 쓴 글이 독자들의 공감을 얻는 데 실패한다면 이 또한 자원의 낭비다. 그렇다면 어떤 글을 써야 사람들이 공감을 표해줄 것인가? 무엇보다 중요한 것은 자신의 언어, 자신의 표현이 담겨 있어야 한다는 점이다.

영화 〈다키스트 아워〉가 있다. 게리 올드만이 영국의 처칠 수상 역을 소화한다. 제2차 세계대전이 배경인데 처칠이 수상이 되는 과정을 그리고 있다. 처칠의 여비서도 주연급이다. 처칠이 중요한 연설을 준비하는 장면에 반드시 이 여비서가 등장한다. 여비서가 연설비서관일까? 그렇지 않다. 그녀는 처칠이 구술하는 내용을 타이핑하는 사람이다. 이 영화에서는 연설비서관이 등장하지 않는다. 오로지 처칠의 구술과 타이핑이 있을 뿐이다. 이 영화를 보고 느낀

소감이 바로 그 점이었다. "지도자는 역시 자신의 언어로 이야기해야 한다."

말만 그런 것이 아니다. 글도 당연히 그래야 한다. 그러나 일국의 지도자가 되면 차분히 앉아서 글을 쓰거나 고칠 시간이 많지 않다. 대통령을 대신해 글을 쓰고 수정해줄 사람이 필요하다. 역시 고스트라이터다. 고스트라이터는 대통령이 평소에 하던 말씀, 표현, 낱말 등을 줄줄이 꿰고 있어야 한다.

친분이 거의 없는 정치인이 연설문을 작성해달라고 부탁해온 적이 몇 차례 있었다. 그럴 때면 나는 난색을 표한다. 도움을 주고 싶지만 대체로 결과가 좋지 못하기 때문이다. 내가 잘 모르는 사람이면, 당연히 그가 하고 싶은 말이 무엇인지 알 수 없다. 그가 어떤 표현을 좋아하는지, 철학은 뭔지, 사람들에게 하려는 약속이 무엇인지, 그 가운데 어느 것 하나도 제대로 알지 못하는 것이다. 그런 내용을 모르는 채로 막연히 한 편의 연설문을 썼다가는 그냥 폐기될 가능성이 높다. 좋은 연설문은 자기 자신이 가장 잘 쓸 수밖에 없다. 그 다음에는 자신을 가장 많이 알고 있는 사람이다. 순서대로 보좌관과 비서관이 될 것이다.

글을 잘 쓴다고 해서 세상의 모든 일에 통달한 것은 결코 아니다. 글 쓰는 사람은 확실히 문장이나 표현을 매끄럽고 부드럽게 하거나 강조를 두드러지게 하는 재주를 가지고 있다. 그러나 전달해야 할 내용에 정통한 것은 아니다. 자신이 알고 있는 내용을 가장 잘 쓸 수 있는 사람은 누구일까? 바로 자기 자신이다. 그러니 혹시라도 글을 다른 사람에게 맡겼다면 마지막 수정은 반드시 본인이 해야 한다. 글쓰기 선수에게 맡겼다고 해서 좋은 글이 탄생하는 것은 아니다. 미사여구와 비유법은 뛰어날지 몰라도 내용이 빈약할 가능성은 충분히 있다. 그 부족한 부분을 채워 넣는 것은 자신의 몫이다.

이번에 시행되는 정책은 올해 대학에 들어가는 신입생부터 적용되는데 한 학기당 200만 원이 지원될 예정이다.

보도자료에 이런 문구가 있다고 하자. 이런 자료를 활용하여 설득력이 있는 글을 만든다면 과연 누가 잘할까? 글 잘 쓰는 사람일까? 이 분야의 담당자일까? 당연히 담당자가 잘 쓸 수밖에 없다. 어쩌면 글을 잘 쓰는 사람은 이 정도가 최선일지 모른다.

이제 기다려왔던 파격적인 정책이 시행됩니다. 일찍이 접하지 못했던 것으로 서민가정의 부담을 덜어주는, 단비와도 같은 정책입니다. 올해 대학 신입생부터 한 학기당 200만 원이 지원됩니다.

콘텐츠에는 전혀 변화가 없다. 이 정책을 꾸미는 수식어가 대거 동원되었을 뿐이다. 글 쓰는 사람은 이 통계가 어떤 이력을 가지고 있으며 또 어떤 의미를 갖고 있는지 모르기 때문이다. 만일 이 정책의 담당자가 직접 글을 쓴다면 이 정도는 나오지 않을까?

이번에 시행되는 정책은 전과 다릅니다. 이 정책이 시행되면 올해 대학 신입생은 앞으로 4년 동안 모두 1600만 원의 혜택을 받게 됩니다. 이 액수는 5년 전의 학생에 비해 800만 원이 증가된 것입니다. 한 학기당 100만 원의 혜택이 늘어난 셈입니다.

수사가 많은 글보다 구체적인 통계가 독자들에게 더 큰 공감으로 다가갈 것이다.

같은 내용의 글이라도 독자의 입장에서 봐야 한다. 이렇게 표현해보고 저렇게 바꿔보아야 한다. 그러는 과정에서 설득력을 높이는 적절한 표현을 찾아내야 한다. 설득력 있는 글을 쓰기 위해서는 역지사지할 필요가 있다. 그러기 위해서는 글을 쓰자마자 바로 송고하거나 SNS에 올리지 말고 시간을 조금 갖는 게 좋다. 글을 쓸 때의 입장이나 시각에서 조금은 떨어져 객관적이 되어보자는 것이다.

설득력 있는 글을 쓰려면 감성도 무시해서는 안 된다. 논리적인 서술만이 사람을 설득하는 것은 아니다. 때로는 감성에 호소해야 한다. 적절하게 감성이 섞인 연설이 사람들에게 오히려 강한 공감을 불러일으킨다. 하지만 글 전체를 감성적으로 전개하는 것은 조심해야 한다. 역시 수사가 많은 글처럼 감성이 많으면 초점이 흔들리거나 흐려질 수 있다. 누군가를 추모하는 글 같은 경우는 전체 기조를 감성 톤으로 잡아도 무방할 것이다. 다음은 노무현 대통령이 서거했을 당시 한명숙 총리의 추도사 초고를 쓰던 심경을 나중에 글로 정리해놓은 것이다. 감성을 담는 글의 사례로 여기에 소개한다.

2009년 5월 25일 오후. 잔인한 봄이 떠나가고 있었고 나는 봉하의 작은 방에 갇혀 있었다. 대통령이 떠난 지 이틀이 지난 때였다. 그가 서거했다는 사실은 어디에서도 확인되지 않았다. 대통령은 여전히 봉하에 머물고 있었다. 지나가는 사람들은 모두 노무현을 이야기했고, 모인 사람들의 화제도 노무현이었다. 봉하빌라 204호의 큰방 겸 거실은 그렇게 분주했다. 마을회관에서는 슬픈 곡조의 노래가 쉼 없이 흘러나왔다. '그런 사람 또 없습니다.' 눈으로 보는 것, 귀로 듣는 것, 숨 쉬는 공기도 모두 다 노무현이었다. 그는 그렇게 봉하에 살아 있었다.

204호의 작은 방. 창을 열면 두어 달 전인 3월에 사저 뒤편의 장군차를 옮겨 심은 비탈이 보였다. 그날 사저에서 500미터 거리도 안 되는 그곳에 그는 참으로 오랜만에 외출했다. 얼굴은 건조했고 웃음기는 찾아보기 어려웠다. 그는 일에 열중하는 나를 보고 무언가 가벼운 농담을 던졌다. 특유의 유머였던 것으로 기억되는데, 그날 나는 웃지 않았다. 오랜만에 바깥 공기를 마신 그가 이야기를 이어가도록 대꾸해야 한다고 생각했지만, 정작 할 말은 없었다. 어색한 침묵. 그는 그 자리에 오래 서 있지 않았다. 오래 서 있을 상황이 아니었는지, 오래 서 있으면 안 되는 사람이라고 생각한 것인지는 알 수 없었다. 그 비탈, 그가 서 있던 자리를 보며 나는 담배를 입에 물었다. 그날 그가 던진 농담은 끝내 기억나지 않았다. 눈물은 없었다. 눈시울도 뜨거워지지 않았다. 나는 그의 서거를 실감할 수 없었다. 가혹한 일이었다.

검은 양복, 검은 넥타이, 반팔 흰 셔츠를 받아들고는 옷을 갈아입었다. 몸에 맞지 않았다. 이 화창한 봄날에 검은 상복이라니. 마을 한쪽에 위치한 봉하빌라에는 검은색 물결이 넘쳐났다. 눈빛들은 흐려 있었고 목소리들은 나지막했다. 204호는 여전히 분주했다. 높은 사람들의 회의가 열릴 때마다 나는 작은방으로 기어들어갔다. 서거의 과정이 반추되어 이야기되는 것조차 싫었다. 다시 창문을 열고 비탈을 바라보며 담배연기를 내뿜었다. 회의가 끝나고 결과가 전달되었다. 글을 쓰라는 것이었다. 두 가지 글이었다. 하나는 서거 직전 대통령의 근황에 대한 것이었고, 다른 하나는 영결식 추도사의 초고였다. 다시 가혹한 일이었다.

　엄두가 나지 않았다. 이 지경에 글이라니⋯. 명문과 명필이 많지 않은가. 항변하고 싶었지만 항변하지는 않았다. 따지고 보면 모두 같은 처지였다. 모두가 아픈 가슴을 부여안은 채 해야 할 일을 하나하나 챙기고 있었다. 추도사에 생전의 모습을 담아내는 일은 아무래도 가까운 참모들이 해야 할 일일 수밖에 없었다. 슬픔에 젖어있을 시간이 없었다. 생전의 대통령을 보좌할 때와 다를 바가 전혀 없었다. 204호 작은방의 작은 밥상 위에 노트북을 올려놓고 창을 등지어 앉았다. 추도사 초고가 급했다. 한명숙 총리가 초고를 토대로 재수정하고 보완할 시간도 충분히 있어야 했다. 그런데 무엇을 쓸 것인가? 무엇을 키워드로 해야 할 것인가? 기조는? 분위기는?

　청와대에서 대통령을 모실 때라면 간단히 끝날 일이었다. 그에게 물어보면 되는 일이었다. 원고를 작성할 일이 있을 때면 그는 자리에 선 채로도 핵심 메시지를 불러주었다.

　"그 정도면 됐다. 마!"

　그랬다가 이삼일 후에 다시 생각난 듯 아쉬운 대목이나 부족한 내용을 보충해주곤 했다. 이제는 어쩔 수 없이 나 혼자 써야 할 글이었다. 누구의 의견도 묻지 않고, 누구의 도움도 없이. 대통령의 부재가 피부로 와닿기 시작하는 순간이었다.

　'감성'을 쓰기로 했다. 그의 첫 자서전인 《여보 나 좀 도와줘》

의 절반을 대필했던 1994년, 그때부터 15년 동안, 글과 말을 통해 그와 인연을 맺어왔다. 때로는 대필자였고, 때로는 그가 주인공인 글을 썼고, 때로는 그가 읽을 연설문의 작성자였다. 그가 듣는 이의 위치에 있는 연설은 그것이 처음이자 마지막이었다. 같은 땅에 발을 딛지 않고 있는 사람인 그에게 보내는 '감성'의 편지였다.

(중략)

입관식 때, 평안한 그의 모습을 보면서 속으로 드린 말이 있었다. 서거하기 얼마 전, 홈페이지에 올린 그 자신의 말이었다. '정치, 하지 마십시오.'였다. 자판을 두드렸다. '대통령님, 부디 다음 세상에서는 다시 대통령 하지 마십시오. 정치하지 마십시오. 또다시 바보 노무현으로 살지 마십시오.'

앞뒤의 문장을 만들고 전체의 구성을 마쳤다. 이병완 비서실장과 양정철 비서관이 살도 붙이고 흐름도 잡아주자 완성도가 높아졌다. 그렇게 완성된 초고를 한 총리 측에 넘기는 순간, 주저와 망설임 끝에 글의 일부를 수정했다. '정치하지 마십시오.'로 시작되는 일련의 대목을 삭제했다. 왠지 마음의 부담이 있었다. 다시 하루를 더 고민했다. 서거 직전의 근황을 전하는 '대통령의 외로웠던 봄'을 쓰며 고민을 거듭했다. 주변 사람들과 다시 상의했다. 결론은 '넣어야 한다.'였다. 마음을 고쳐먹었다. 그의 삶과 죽음은 '한국 정치에 대한 치열한 애증'의 연장선상에 있다는 판단이었다. 그 애증의 족쇄에서 자유롭게 해드리고 싶었다.

'대통령님, 다음 세상에선 부디 정치하지 마십시오.'

제4장　유형별 문장
　　　　　다듬기 수업

　글을 잘 쓰기 위해서는 책도 많이 읽어야 하고 메모도 부지런히 해야 한다. 그러나 무엇보다 중요한 것은 글을 많이 써봐야 한다는 사실이다. 100권의 책을 읽는 것도 필요하지만, 열 꼭지의 글을 완성하는 일은 더욱 중요하다. 말처럼 글 역시, 쓰기를 되풀이하는 과정에서 자연스럽게 발전하기 때문이다.

　많이 써야 한다는 것은 그만큼 많이 고쳐야 한다는 뜻이다. 초고만 많이 쓴다고 해서 글 실력이 늘어나지는 않는다. 자신이 쓴 글을 꼼꼼하게 고쳐나가는 과정에서 글쓰기 실력은 일취월장할 수 있다. 처음 하나의 문장을 완성할 때 들였던 공력의 두 배 이상을 들여 고쳐야 한다. 긴 문장은 끊어보기도 하고, 짧은 두 문장은 합쳐보기도 한다. 주어와 서술어의 순서를 바꿔보기도 하고, 부사의 위치는 어디가 적당한지 꼼꼼하게 따져본다. 때로는 아예 생략해버리면 어떤지도 살펴본다.

문장을 다듬는 데에도 왕도는 없다. 완벽한 문장으로 모두가 공인하는 정답은 없다. 자신이 만들 수 있는 최선의 문장을 만들면 된다. 오래 전에 써두었던 자신의 글을 꺼내어 고쳐보자. 다른 사람이 쓴 글에도 손을 대보자. 고치고 또 고치는 과정에서 자신의 문체도 자리를 잡아가게 될 것이다. 이번 장에서는 다양한 종류의 글을 고치는 과정을 초고와 대비하여 소개한다.

에세이 나는 어떻게 글을 업으로 삼게 되었나?

1.

고등학교 시절, 나는 문학청년이 되고 싶었다. 가을이 되면 시도 몇 편 써보았다. 교과서에 나오는 시들은 기본으로 외웠다. 김소월, 윤동주, 이육사, 한용운… 그러나 시를 잘 쓴다고 칭찬을 들은 적은 한 번도 없었다. 백일장이든 문학의 밤 행사든, 초등학교 시절 한 차례의 입선을 제외하고는 이렇다 할 상을 받아본 적이 없다. 대학에 진학할 때 국문과나 문예창작과를 가고 싶은 마음도 있긴 했지만 '글 쓰면 배고프다.'는 어른들의 말을 듣고 타협했다. 그래서 선택한 것이 경제학 전공이었다. 내가 경제학과를 나왔다고 하면 머리를 갸웃하면 의아해하는 사람도 많다. 아무튼…

내가 대학에 들어간 1979년, 박정희 유신정권이 몰락했다. 2학년은 광주민주화운동과 계엄확대조치로 반 년 가량 휴교했다. 3학년 봄 전두환 정권이 들어섰고 그해 봄 나는 동료들과 교내에 유인물을 만들어 뿌렸다. 정권이 물러나야 한다는 내용이었다. 나를 포함해 세

1.

　고등학생이던 시절, 나는 작가를 꿈꾸는 문학청년이었다. 가을이 오면 시도 몇 자 끼적이곤 했다. 교과서의 시들은 기본으로 외우고 다녔다. 김소월, 윤동주, 이육사, 한용운···. 하지만 '글 잘 쓴다'는 평은 끝내 듣지 못했다. 교내 백일장에서도 '문학의 밤'에서도 나는 이렇다 할 상을 받아본 적이 없다. ①그때는 국문과나 문예창작과로 진학해 글쓰기를 전공하고 싶은 마음이 굴뚝같았다. '글 쓰면 배고프다.'고 어른들이 타이르던 시대였다. 결국 현실과 타협했다. 조금은 어설픈 경제학도가 되었다. ②내가 경제학과를 졸업했다고 하면 머리를 갸웃하며 뜻밖이라는 표정을 짓는 사람이 지금도 많다. 아무튼···

①　———————————————
긴 문장을 끊어 리듬을 살렸고, 눈앞에
그려지는 묘사로 표현을 바꾸었다.

②　———————————————
자신의 이야기를 진솔하게 담는다.

　대학에 들어간 해인 1979년, 박정희 유신정권이 무너졌다. 2학년인 1980년에는 교내시위도 많았고 비상계엄 확대조치와 광주민주화운동으로 휴교기간이 길어져 수업이 제대로 이루어지지 못했다. 3학년이던 1981년 봄, 전두환 대통령이 취임했다. ①그해 5월 나는 동사람이 계획했는데, 초안을 써서 3일 후에 학교 뒤편 청송대 숲에서 만나기로 했다. 그런데 초안을 써온 사람은 나 혼자뿐이었다. 결국 내 원고가 그대로 채택되었다. 동료 한 명이 다른 두 동료와 함께 유인물을 새벽에 강의실 곳곳에 살포했다. 완전범죄였다. 그때만 해도 교내에 사복형사들이 상주하고 있었다. 현장에서 잡힐 수도 있었지만 다행히 계획대로 뿌리는 데 성공한 것이다.

그로부터 두어 달 후, 최초에 계획을 제안했던 친구가 이른바 '학림' 사건으로 치안본부 대공분실에 붙잡혀갔다. 그리고 몇 주일 후 나의 집에도 경찰이 들이닥쳤다. 유인물을 계획하고 쓰고 뿌렸던 동료들이 결국 모두 붙잡히는 신세가 되었다. 그때 나는 나의 혐의가 가벼운 것으로 생각하고 있었다. 위에서 말한 대로 나는 초안을 쓴 것뿐이었다. 삼엄한 경찰의 눈을 피해 유인물을 뿌린 동료들이 혐의가 더 무거울 것으로 생각했다. 그런데 담당 형사가 나에게 이렇게 말했다.

료들과 유인물을 만들어 교내에 뿌리기로 했다. 정권이 물러나야 한다는 취지였다. 세 명이 모여 계획을 짰다. 각자 초안을 마련하여 사흘 후에 학교 뒤편 청송대 숲에서 만나기로 했다. 초안을 써온 사람은 나 혼자뿐이었다. ②결국 '민주학우투쟁선언'으로 시작되는 내 초안이 등사할 내용으로 채택되었다. 그 대신 교내에 뿌리는 일은 다른 동료가 맡았다. 그는 자신의 동료들과 함께 아침 일찍 강의실 곳곳에 유인물을 살포하는 데 성공했다. 사복형사들이 교내에 상주하던 시절이었다. 현장에서 붙잡히지 않으면 사실상 완전범죄였다.

① —————————————— ② ——————————————
시제를 정확히 표현해주고 시간 순으로 가능한 구체적으로 서술한다.
서술하여 이해하기 쉽게 바꾸었다.

한 달 반이 지난 후의 일이다. 계획을 처음 제안한 동료가 이른바 '학림' 사건으로 치안본부 대공분실에 붙잡혔다. ①다시 7월 11일 새벽, 서대문경찰서 형사들이 우리 집 초인종을 눌렀다. 문제의 유인물을 작성하고 살포하는 데 참여한 동료들이 모두 체포되었다. 그때 나는 순진하게 생각하고 있었다. 초안을 쓰는 데만 참여했기 때문에 ②'집회및시위법'을 위반한 혐의가 상대적으로 가볍다고 판단한 것이다. 경찰의 삼엄한 눈을 피해 유인물을 직접 살포한 동료들이 더 엄한 처벌을 받을 것으로 생각했다. 그런 나를 비웃듯 담당형사가 말했다.

"학생 사건의 경우, 유인물 내용을 쓴 사람은 일단 무조건 주범이 된다."

그때 나는 깨달았다. 펜이 칼보다 무섭다는 말의 참뜻을 비로소 깨우친 것이다.

글은 힘을 가지고 있었다. 자신은 물론 세상을 바꾸는 힘이다. 돈 잘 버는 변호사였던 노무현 대통령이 인권변호사로 변신하는 과정에서 주요한 계기가 된 것이 바로 책이었다. 책은 읽는 사람의 생각을 바꾼다. 사람들의 생각이 바뀌면 세상이 바뀌는 법이다.

"이런 시국사건들의 경우 유인물 내용을 쓴 사람은 무조건 주범급이 되는 법이야."

③역사와 세상의 원리를 깨우쳤다고 자부하고 있었지만, 실제 현실의 법칙은 하나도 모르고 있는 셈이었다. 아무튼 나는 그때서야 비로소 깨달았다. '펜이 칼보다 강하다'는 말의 참뜻을.

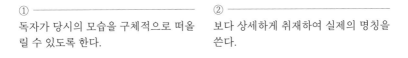

① ─────────────────────────
독자가 당시의 모습을 구체적으로 떠올릴 수 있도록 한다.

② ─────────────────────────
보다 상세하게 취재하여 실제의 명칭을 쓴다.

③ ─────────────────────────
군데군데 적절하게 대구 문장을 보완한다.

글은 힘을 갖고 있다. 자신은 물론 세상을 바꾸는 힘이다. 이 사실은 보수와 진보의 다름이 없고 동양과 서양의 차이가 없다. ①노무현 대통령은 한때 부산에서 돈 잘 벌기로 유명한 변호사였다. 그랬던 그가 기득권을 포기하고 인권변호사로 변신했다. 그 과정에서 결정적 계기가 되었던 것은 바로 책이었다. 책은 사람의 생각을 바꾼다. 사람들의 생각이 바뀌면 세상이 바뀐다.

① ─────────────────────────
단문으로 끊어주어 뜻을 더욱 명확히
전달한다.

2.

그 일로 나는 징역 8개월을 선고받았다. 그런데 그 무렵 사귀던 지금의 아내가 몇 달 후 교내시위의 주동자가 되어 감옥에 들어왔다. 시위 규모도 커서 받은 형량이 무려 1년 6개월이었다. 내가 1982년 3월 말에 출소했을 때 아내의 남은 형기는 1년 3개월 정도였다. 결혼한 상태가 아니기 때문에 면회도 불가능했다. 그때 일종의 옥바라지로 나는 일주일에 한 차례 이상 편지를 써서 교도소로 보냈다. 있는 이야기 없는 이야기 다 모아서 편지를 썼다. 매주 한 번씩만 글을 써도 글 솜씨가 엄청나게 늘어난다는 사실을 그때 깨달았다. 글 쓰는 실력이 비약적으로 향상된 시기였다.

흔히들 글을 잘 쓰려면 매일 일기를 쓰라고 한다. 꼭 일기일 필요 없다. 꼭 매일 쓰지 않아도 된다. 일주일에 한 편의 글을 쓴다고 생각하면 된다. 일기가 아니고 편지라면 더 쓰기 쉽지 않을까? 자신의 감

2.

법원은 나에게 징역 8개월을 선고했다. ①당시 나는 지금의 아내와 사귀던 중이었다. 넉 달 후인 11월의 일이었다. 그녀가 교내시위를 주동하여 감옥에 들어왔다. 시위 규모가 컸던 탓인지 법원은 그녀에게 징역 1년 6개월을 선고했다. ②내 형량의 두 배 이상이었다. 나는 1982년 3월 31일에 출소했는데, 그때 아내는 1년 3개월가량의 형기를 남겨놓고 있었다. 결혼한 배우자가 아니라서 면회가 불가능했다. ③무언가 옥바라지를 해야 했는데 달리 방법이 없었다. 일주일에 한 차례 이상 편지를 써서 교도소로 보내는 일이 전부였다. 있는 사실, 없는 얘기를 모두 끌어 모아 편지를 썼다. 뜻밖의 성과가 있었다. 글솜씨가 엄청나게 향상된 것이다.

① ——————————————
문장을 끊어주니 의미가 더욱 명확하게
전달된다.

② ——————————————
비교를 통해 내용을 더욱 부각시킨다.

③ ——————————————
상황의 절박함을 부각시키기 위해 한
줄을 덧붙였다.

①문장력을 키우고 싶다면 일기를 매일 쓰라는 얘기가 있다. 옳은 말이다. 다만 반드시 일기일 필요는 없다. 편지면 충분하다. 꼭 매일 쓰지 않아도 된다. 일주일에 편지 한 통을 쓴다고 생각하면 된다. 일기를 쓸 때보다 부담이 덜할 수도 있다. 감정을 적나라하게 드러낼

정을 써내려가는 것보다, 누구한테 이야기하듯이 글을 써 내려가면
된다. 진짜 부쳐도 되고 부치지 않아도 무방하다. 그렇게 일주일에
한 편, 1년이면 53건의 편지가 완성된다. 그러면 훗날 자서전을 따로
쓰지 않아도 될 만큼 인생의 기록이 생긴다. 글을 잘 쓰고 싶다면 일
주일에 한 번씩 편지를 쓰라고 권하고 싶다.

3.

1984년에 복교조치가 이루어져 복학한 나는 1986년 2월에 대학
교를 졸업했다. 그해 11월에 결혼했다. 마땅히 할 일이 없어 결혼을
서둘렀다. 그래야 돈이라도 절약할 수 있을 듯싶었다. 신혼 초기에
주로 사회과학 서적을 번역하면서 생계를 꾸렸다. 영어와 일어 서적
이었다. 번역료는 영어의 경우 200자 원고지 한 매당 3,000원 꼴이
었고 일본어는 1,500원이었다. 지금은 영어가 5,000원이고 일본어
는 3,000원 정도라고 한다. 30년이 지났음에도 번역료는 겨우 두 배
가량만 오른 셈이다. 그도 그럴 것이 그때에 비해 번역 환경이 엄청

필요는 없다. 그냥 앞에 있는 사람에게 얘기하듯이 써 내려가면 된다. 실제로 부치면 더욱 좋고 부치지 않은 편지로 쌓아나가도 좋다. 일 년이면 쉰 통이 넘는 편지가 완성된다. 훗날 자서전을 따로 쓸 필요가 없다. 쌓인 편지들이 그 자체로 자서전이 된다. 대상은 그 누구라도 좋다. 부모님일 수도 있고 배우자일 수도 있다. 딸이나 아들에게 보내는 편지도 멋지지 않을까?

①───────────────
짧고 긴 문장을 적절한 호흡으로 배치
하여 나름대로의 리듬감을 살린다.

3.

1984년. 시국사건 관련 제적생들에게 복교가 허용되었다. 나는 복학하여 1986년 2월에 졸업했다. 시간은 많았지만 마땅히 할 일이 없었다. 결혼이라도 하는 게 낫겠다 싶어 그해 11월에 결혼했다. 바깥에서 쓰는 돈이라도 절약하자는 생각이었다. 신혼 초에는 각종 사회과학 도서를 번역하는 일로 생계를 꾸렸다. 영어와 일본어였다. 번역료는 영어의 경우 이백 자 원고지 한 매당 3,000원이었다. 일본어는 1,500원이었다. 지금은 영어가 5,000원이고 일본어는 3,000원이라고 들었다. 30년이 지났지만 번역료는 겨우 두 배 정도 오른 셈이다. ①그때에 비해 환경이 엄청나게 좋아졌기 때문이다. 내가 번역할 때

나게 좋아졌기 때문이다. 그때만 해도 일본사람 이름을 읽어내는 일이 쉽지 않았다. 해석이 안 되는 문장이나 사람 이름들을 모았다가 일본대사관에 근무하는 외삼촌에게 자문을 구하기도 했다. 그런데 같은 번역인데 영어와 일본어의 번역료는 왜 이렇게 차이가 날까?

일본어는 한국어와 어순이 똑같기 때문이다. 그냥 순서대로 번역하면 된다. 앞에서도 말했듯이 '하지 않으면 안 된다.' '하지 않을 수 없다.'는 이중부정을 간명하게 '해야 한다'로 바꾸어주기만 하면 된다. 옛날 〈이수일과 심순애〉의 변사처럼 '했던 것이었던 것이었던 것이었다.'는 말투는 일본말을 그대로 번역한 데서 오는 것이다. 이런 말투를 과감히 '했다.'로 바꾸어주면 된다. '나의 집의 방의 책상'과 같이 일본어에서는 'の'도 많이 사용되는데 이것도 과도하지 않도록 적절하게 처리해야 한다.

만 해도 일본인의 이름을 제대로 읽어내는 일이 쉽지 않았다. 그런 이름이나 난해한 대목은 별도로 추려 일본대사관에 근무하던 외삼촌에게 ②자문을 해야 했다. 그런데 '왜 영어 번역료는 일본어의 두 배가 되는 것일까?' 이렇게 의문을 제기하는 사람이 가끔 있다.

---

① ——————————————
'번역' 이야기를 하고 있는 문단이므로 같은 낱말이 되풀이되지 않도록 생략했다.

② ——————————————
'자문을 구하다.'는 올바른 표현이 아니다. 마지막까지 검색하여 올바른 낱말을 찾는다.

일본어 번역이 훨씬 쉽기 때문이다. 일본어는 우리말과 어순이 똑같다. 단어를 차례로 바꿔나가면 된다. 앞에서도 말했듯이 '하지 않으면 안 된다.' '하지 않을 수 없다.'와 같은 이중부정을 '해야 한다'로 간명하게 바꾸어주면 좋다. 옛날 신파극인 〈이수일과 심순애〉의 변사는 '했던 것이었던 것이다.'라는 표현을 쓰곤 했다. ①일본어 원작인 〈곤지키야샤(金色夜叉)〉의 말투를 그대로 번역한 데서 비롯된 게 아닐까 싶다. 이런 표현 역시 과감히 '했다.'로 바꿔주어야 한다. '나의 여동생의 친구의 집'처럼 일본어에서는 '의(の)'도 많이 사용된다. '내 여동생의 친구가 사는 집'처럼 '의'가 과도하지 않도록 ②적절히 처리할 필요가 있다.

---

① ——————————————
취재를 통해 조금 더 구체적으로 표현한다.

② ——————————————
없어도 좋은 부사는 과감히 생략한다.

영어는 그렇지 않다. 일본어와 달리 우리말과 어순이 다르다. 그래서 문장을 완전히 해체해서 부드러운 한국말로 만들어야 한다. 그래서 진정한 영어번역 실력은 한국말 실력이 50% 이상을 차지한다. 문장의 뜻을 충분히 이해하더라도 그것을 읽기 편한 한국말로 만들어야 하기 때문이다. 가끔 보면 직역에 충실한 번역을 했지만 무슨 뜻인지 무척 이해하기 어려운 문장들을 접할 수 있다. 이것이 영어 번역의 관건이다. 특히 관계대명사 제한적 용법을 학교 때 배운 그대로 번역하다 보면 정말 난해하기 짝이 없는 포유문을 양산할 수도 있다. 적절하게 단문으로 끊어주어야 한다.

이렇게 영어 번역을 하는 과정에서 또 한 번 글쓰는 능력이 배가된 것이 사실이다. 그래서 나는 지금도 형편이 되는 사람들에게 틈틈이 영어 번역을 해볼 것을 권한다. 많이 자주 할 필요 없다. 가끔 한 문단씩만 하면 된다. 먼저 직역을 해놓은 초안을 놓고 고쳐나가는 것이다. 고쳐나갈 때면 영어 원문에 과도하게 집착하면 안 된다. 그러면 너무 딱딱한 번역문이 만들어진다.

영어는 그렇지 않다. 어순이 우리말과 전혀 다르다. 번역하려면 문장을 해체해서 우리말로 바꾼 다음 매끄럽게 재결합해야 한다. 결국 우리말 실력이 번역문의 품질을 50퍼센트 이상 좌우하게 된다. ①영어문장의 뜻을 충분히 이해할 수는 있어도, 그 의미를 우리말로 쉽게 표현하기는 어렵다. 의미에 충실하게 번역했지만 이해하기 어려운 문장을 가끔 접한다. 지나치게 직역한 탓이다. 이것이 영어 번역의 관건이다. ②특히 난제는 관계대명사의 제한적 용법이다. 학교 때 배운 대로 번역하다 보면 난해하기 짝이 없는 포유문을 양산할 수도 있다. 적절하게 단문으로 끊어주어야 한다.

①——————————————
가급적 대구 형태의 문장을 활용한다.

②——————————————
적절하게 단문으로 끊어주어 의미를 더 분명하게 전달한다.

이렇게 열심히 영어를 번역하다 보니 문장력이 다시 일취월장했다. 나는 요즘도 형편이 되는 대로 ①영어를 번역해보라고 사람들에게 권한다. 자주 해야 할 일은 물론 아니다. 가끔씩 한 문단만 번역해보면 좋다. 일단 의미에 충실하게 직역한 다음, 그 초고를 매끄러운 우리말로 고쳐나가는 작업이다. ②원문의 의미에 과도하게 집착할 필요는 없다. 글 전체가 복잡하고 딱딱해질 수도 있기 때문이다.

4.

1988년에 처음 국회에 비서관으로 취직했다. 이때부터 글 쓰는 일이 주업이 되었다. 글을 잘 쓰든 못 쓰든 상관없이 월급을 받았다. 글 쓰는 직업으로는 좋은 환경인 셈이다. 작가는 자신이 쓰는 글을 독자들이 찾아줄지 불안하고 두려운 상태에서 글을 써야만 한다. 그런 것에 비하면 월급 받으면 글을 쓰는 것은 상대적으로 유리한 환경이다.

국회의원 비서로 일할 때 다양한 글을 많이 썼다. 대정부질문, 정책질의, 기자회견문, 성명서 등은 기본이었다. 때로는 수필도 써야 했다. 모시는 국회의원의 고등학교, 대학교, 향우회 등에서 수필을 써달라고 요구하기 때문이다. 그러면 의원실에 글 쓰는 사람이 나뿐이었기 때문에 그것까지 커버해야 했다. 그래서 의원님의 학창시절 이야기를 취재한 다음, '내 고향 7월은 청포도가 익어가는 계절…' 이

①
이해하기 쉬운 구어체로 바꾼다.

②
'고쳐나갈 때면'은 그야말로 군더더기
이다. 과감히 삭제한다.

4.

1988년 ①8월에 처음으로 취직했다. 국회의원 비서관이었다. 이때부터 글을 쓰는 일이 내 주업이 되었다. 잘 쓰든 못 쓰든 관계없이 월급을 받았다. 글 쓰는 직업으로서는 더없이 좋은 환경인 셈이었다. ②'독자들이 과연 내 글을 찾아 읽어줄 것인가?' 보통의 작가들은 이렇게 불안하고 두려운 마음으로 쓴다. 비록 남의 글이지만 월급을 받으며 쓴다는 것은 상대적으로 행복한 일이라고 생각했다.

①
조금이라도 더 구체적으로 표현한다.

②
주어가 많이 등장하는 포유문이라서 문
장을 끊어내어 정리했다.

국회의원 비서로 일하면서 다양한 글을 소화해야 했다. 정책질의와 대정부질문은 기본이고, 기자회견문이나 성명서도 써야 했다. 때로는 수필도 써야 했다. 보좌하는 정치인의 출신 학교나 ①향우회 등에서 잡지 등 간행물에 기고해달라고 요청하곤 했다. 글을 쓰는 비서는 나 혼자였으므로 당연히 내 숙제였다. 그럴 때면 약간의 이야깃거리를 취재한 다음 수필을 써나갔다. '내 고향 7월은 청포도가 익어렇게 시작하는 수필도 쓰곤 했다. 칭찬을 많이 들은 편이었다. 의원이나 정치인들이 내 글을 평할 때 이구동성으로 하는 이야기가 있었다.

"자네 글은 정말 쉬워. 한 번 읽으면 다 알아듣겠어."

나는 지금도 내 글의 강점이 여기에 있다고 생각한다. 그리고 이해하기 쉬운 글이 좋은 글이라는 확신을 가지고 있다.

아무튼 정치권에서 글 쓰는 실력이 다시 한 번 크게 향상되었다. 품평회 덕분이었다. 내가 초안을 써서 올리면 그 글은 많은 사람들의 품평 대상이 되었다. 회의를 하면 모두들 지적질이었다. 품평회를 하는데 칭찬하는 사람이 많을 리가 없었다. 그 사람들도 밥값을 해야 하므로 글의 문제점을 찾아내는 데 집중하기 마련이었다. 회의가 끝나면 그 지적들을 반영하여 새로 글을 써야 했다. 처음에는 스트레스가 쌓였지만 나중에는 그러려니 하는 마음이 되었다. 내 초안은 어차피 사람들의 회의용이라고 생각하게 된 것이다. 거기서 발전하여 최종 원고가 완성되기 때문이었다. 그래서 처음 쓴 초안이 나중에 가서 보면 흔적도 없이 사라져버린 경우가 많았다. 그 과정에서 글 실력도 가는 계절…' 도입부는 나름대로 멋을 부리기도 했다. 칭찬도 꽤 들었다. 사람들이 내 글을 평할 때 공통적인 단어가 있었다. '이해하기 쉽다.'는 것이었다.

"자네 글은 정말 쉬워. 한 번 읽으면 다 알아듣겠어."

어쩌면 이것이 내 글의 강점일 수도 있겠다. ②나 또한 이해하기 쉬워야 좋은 글이라고 확신한다.

①────────
독자가 좀 더 구체적인 모습을 떠올릴 수 있도록 표현한다.

②────────
'그리고'라는 접속사가 불필요하다고 생각해 문장을 바꾸었다.

정치권에서 본격적으로 글을 쓰는 동안 실력도 더욱 향상되었다. 일종의 '독회'나 '품평회' 덕분이었다. 일단 초고를 작성해 올리면 많은 사람들로부터 ①품평을 들어야 했다. 한 자리에 모여 글을 놓고 토론하면 모두가 '지적질'을 했다. 대체로 그런 자리에서는 칭찬하는 사람이 많지 않았다. 자고로 밥값을 하려면 문제점을 찾아내야 하는 법이다. 회의가 끝나면 지적된 사항을 반영하여 글을 다시 써야 했다. 처음에는 그 모든 과정이 스트레스였다. 이삼 년을 그렇게 일하자, 결국 '그러려니' 하고 마음을 내려놓게 되었다. 초고는 어차피 회의용이었다. 초고의 흔적이 최종 원고에서 완벽히 사라지는 경우는 비일비재했다. ②하지만 초고가 없었으면 최종 원고도 없을 것이었늘고 단련되었다. 사람들과 품평회를 하는 과정에서 나의 강점도 알고 약점도 깨우치게 되었다. 내가 무엇을 잘 쓰는지, 무엇을 잘 못쓰는지 알게 된 것이다.

페이스북에 글을 올리기를 주저하는 사람들이 많다. 그러면 글 실력이 늘지 않는다. 남이 들으라고 하는 것이 말이다. 글도 마찬가지다. 남이 보라고 쓰는 것이다. 일기만 빼놓고는 다 보여주어야 한다. 그래야 발전이 있다. 좋아요가 적게 달려도 좋다. 남에게 보여주는 과정이 글쓰기 훈련의 필수적인 과정이다.

다. 그런 과정에서 글쓰기가 단련되었다. 품평을 주고받는 동안 나의 강점도 알게 되고 약점도 깨우치게 되었다. 잘 쓰는 것은 무엇이고, 잘 못 쓰는 것은 무엇인지를 파악하게 된 것이다.

---
① ─────────────────
'~이 되다'보다는 서술 형태로 풀어주는 것이 좋다.

② ─────────────────
핵심적인 내용은 가급적 카피에 가까운 문구로 정리한다.

　어떤 사람들은 페이스북 등 SNS에 글을 올리는 것을 주저하곤 한다. ①'좋아요'의 숫자나 '댓글'을 의식한다. 그러면 글 쓰는 실력이 늘기 어렵다. 남이 들으라고 하는 것이 말이다. 글도 다르지 않다. 남이 읽으라고 쓰는 것이다. 일기만 빼놓고 모두 보여주어야 한다. 그래야 발전이 있다. 글쓰기를 훈련할 때 빼놓을 수 없는 과정이다.

---
① ─────────────────
누구나 공감할 수 있는 표현으로 수정한다.

편지 당신을 생각하며

여기서는 편지의 사례를 소개한다. 편지도 그렇지만 네 번째 사례로 소개하는 주례사의 경우도 하나의 콘셉트가 전체를 관통하도록 설계하는 것이 좋겠다. 할 이야기를 무작정 순서대로 배치하기보다는 일관된 콘셉트나 형식을 갖추어 전개하자는 것이다. 이번 사례인 편지에서는 사랑의 감정을 일련의 자연현상, 즉 밤, 봄, 비, 별, 바람을 통해 전달하려는 형식을 취했다.

밤입니다. 오늘도 나는 너를 생각하는 것으로 하루를 마무리하고 있습니다. 언제부터였을까요? 나의 하루가 이렇게 너로부터 시작하고 너로 끝나게 된 것은? 아마 이 모든 것이 운명이기 때문이겠지요. 그래서 이 모든 상념과 기쁨, 그리고 충만한 행복감이 너무나 당연한 것처럼 느껴지는 것이겠지요.

봄입니다. 지난겨울 그리 춥지는 않았지요. 너와 함께 했던 시간들이 많아서였을까요? 사실 나는 겨울이 얼마나 추웠는지, 눈이 얼마나 내렸는지 기억하지 못하고 있습니다. 너를 만나는 동안 겨울이 어밤입니다. 삼월의 보름달이 내 창문틀에 걸터 앉아 있습니다. 오늘도 저는 그대를 생각하며 하루를 마무리합니다. 언제부터였을까요? 나의 하루가 그대로 시작해서 그대로 끝나게 된 것은…. 이 모든 게 운명이기 때문이겠지요. 그래서 이 모든 상념과 기쁨, 그리고 충만한 행복감이 너무나 당연한 것처럼 느껴집니다.

✱ ─────────────────────
자신이 있는 공간과 때를 구체적으로 묘사
하여 현실감을 높인다.

봄입니다. 지난겨울은 춥지 않았지요. 그대와 함께 했던 시간들이 많아서였을까요? 겨우내 제 손은 언제나 따뜻했습니다. 겨울이 추웠는지, 눈이 얼마나 내렸는지 저는 기억하지 못합니다. 그대를 만나는

떤 모습인가는 나에게 중요하지 않았습니다. 언제나 차갑고 쌀쌀했던 사람이었던 내가 이렇게 따뜻한 사람이 되어 있다는 사실이 놀라울 뿐입니다.

비입니다. 내가 기다리고 있는 것은 봄비입니다. 학창 시절 유난히 봄에 내리는 비를 좋아했어요. 비를 맞는 것도 좋아했고, 비오는 날에 창틀에 걸터앉아 빗소리를 들으며 소설을 읽는 것은 더 좋아했지요. 이번 봄에는 그 비를 너와 함께 맞고 싶습니다. 우산을 써도 쓰지 않아도 좋습니다.

별입니다. 편지를 쓰고 있는 내 방 창문을 열면 별들이 보입니다. 정말로 오랜만에 별을 보았습니다. 별은 아름답습니다. 무언가 나에게 신비로운 메시지를 전하고 있습니다. 별을 동경한 적이 있었습니다. 오늘 나는 별이 나를 부러워하고 있다는 생각이 들었습니다. 사랑을 만나 더 없이 행복한 나를.

동안 겨울의 모습은 제게 중요하지 않았습니다. 언제나 차가웠던 제가 이렇게 따뜻한 사람이 되어 있다는 사실이 놀랍습니다.

✳ ─────────────────────────
추상적으로 '따뜻했다'고 하기보다는 '손'이
라는 구체적인 소재로 표현한다.

비입니다. 저는 지금 봄비를 기다립니다. 학창 시절 유난히 봄비를 좋아했지요. 비를 맞고 나무가 크듯이 저의 감성은 봄비를 맞고 자라났습니다. 비를 맞는 것도 좋아했지만, 창틀에 걸터앉아 빗소리를 들으며 소설을 읽을 때가 가장 행복했지요. 올봄에는 그 비를 그대와 맞고 싶습니다. 우산을 써도 쓰지 않아도 좋습니다.

✳ ─────────────────────────
읽는 사람이 눈앞에 모습을 그려볼 수 있도
록 묘사한다.

별입니다. 오늘 밤 제 방 창문 안으로 별들이 쏟아집니다. 정말로 오랜만에 별을 보았습니다. 이제 오리온자리가 사라지고 전갈자리가 떠오르겠지요. 별은 아름답습니다. 저에게 신비로운 메시지를 전하고 있습니다. 별이 부러웠던 적이 있었습니다. 오늘 저는 그 별들이 저를 부러워하고 있다고 생각합니다. 사랑을 만나 더 없이 행복한 나를.

바람입니다. 바람은 언제 불어도 좋습니다. 봄이어도 좋고 가을이
어도 좋습니다. 바람은 내가 살아있음을 깨우치게 해주는 존재입니
다. 잔잔한 봄바람을 맞이하기 위해 나는 너와 함께 떠나는 여행을
꿈꿉니다. 어디로 떠나든 좋습니다. 그곳에서 봄을, 밤을, 비를, 별을,
그리고 바람까지 느낄 수 있으면 좋겠습니다.

✻ ────────────────
더 구체적인 묘사를 통해 독자에게 새로운
사실, 또는 상상력을 불러일으킨다.

바람입니다. 바람은 언제 불어도 좋습니다. 봄이어도 좋고 가을이

어도 좋습니다. 바람은 제가 이 땅에 그대와 살고 있음을 깨우치게

해주는 존재입니다. 그대는 이 간지러운 봄바람을 느끼고 있나요?

저는 그대와 함께 떠나는 여행을 꿈꿉니다. 어디로 떠나든 좋습니다.

그곳에서 봄을, 밤을, 비를, 별을, 그리고 바람까지 느낄 수 있으면 좋

겠습니다.

✻ ────────────────
독자의 상상력을 자극하는 표현을 활용한
다.

자기소개서 광고회사에 나를 광고하다

✳ 일화 사례1_내 안의 광고본능

주말이면 가족들과 함께 TV 드라마를 볼 때가 있습니다. 얼마 전에는 〈알함브라의 궁전〉을 즐겨봤습니다. 드라마가 끝나면 누가 먼저랄 것도 없이 리모컨을 붙잡고 채널을 돌리기 바쁩니다. 채널은 빠르게 돌아갑니다. 광고가 방영 중인 채널은 더 빠르게 지나갑니다. 예능이든 드라마든, 프로그램이 진행 중인 채널에서는 잠시 멈춥니다. 그렇듯 우리 식구들은 CF를 좋아하지 않습니다. 광고가 나오기 시작하면 무의식중에 손이 리모컨으로 향합니다.

그러나 저 혼자 TV를 볼 때면 상황은 정반대가 됩니다. 저의 리모컨은 광고를 찾아 빠르게 채널을 돌립니다. 한 시간짜리 긴 이야기보다 저는 30초짜리 드라마에 매료됩니다. 그 짧은 시간은 한 순간 한 순간이 승부의 장입니다. 시청자가 길게 생각하기도 전에 광고는

✳ 일화 사례1_내 안의 광고본능

주말이면 저는 가족들과 함께 TV 드라마를 봅니다. 얼마 전에는 〈알함브라의 궁전〉을 즐겨봤습니다. 상상력이 있는 드라마가 저는 좋습니다. 드라마가 끝나면 식구들은 앞 다투어 리모컨을 붙잡고는 채널을 돌리기에 바쁩니다. ①눈 깜짝할 사이에 대여섯 개 채널이 돌아갑니다. 광고가 방영 중인 채널은 더욱 빠르게 스쳐 지나갑니다. 예능이나 드라마, 프로그램이 방영 중인 채널에서만 잠시 멈춥니다. 우리 식구들은 그렇게 CF를 좋아하지 않습니다.② 광고가 나오기 시작하면 무의식중에 손이 리모컨으로 향합니다.

---

① ——————————
'빠르게 채널을 돌리는 장면을 실감나게 표현한다.

② ——————————
앞에서 한 번 했던 이야기는 과감히 생략한다.

---

①저 혼자 TV를 볼 때가 있습니다. 상황은 정반대가 됩니다. 저의 리모컨은 광고를 찾아 빠르게 채널을 돌립니다. 한 시간짜리 긴 이야기보다 30초짜리 드라마가 ②저는 좋습니다. ③일초 일초가 승부의 무대입니다. 시청자가 깊게 생각하기도 전에 광고는 하고 싶은 메시

하고 싶은 메시지를 전달해야 합니다. 무엇을 취하고 무엇을 버리는 가? 그래서 어떤 광고가 나에게 어필하며 어떤 CF는 매력을 느낄 수 없는가? 저는 광고의 세계에 빠지게 됩니다. 두세 번 봤지만 여전히 상큼한 매력으로 다가오는 광고가 있습니다. 한 번에 바로 진부함을 느끼는 광고도 물론 있습니다. 어쨌든 저는 이 세계가 좋습니다. 이 세계에서의 승부에 매력을 느낍니다. 이 세계에 도전하고 싶습니다.

✳ 일화 사례2_광고에 눈뜨다

지하철을 타면 가장 먼저 하는 일, 휴대폰을 꺼내는 것입니다. 목적지에 갈 때까지 제 눈은 휴대폰 화면을 벗어나는 일이 거의 없습니다. 휴대폰 화면에는 무궁무진한 세계가 있습니다. 수많은 동영상이 있고, 세상 사람들의 소식이 있고, 친구들과의 대화가 있습니다. 또 좋아하는 노래들이 있고, 한번쯤 만나보고 싶은 연예인들도 있습니다. 무엇보다 무료할 때의 저를 또 다른 세계로 데리고 가는 게임도 있습니다. 배터리와 휴대폰만 있다면 저는 감옥에 수백 일을 갇혀 있지를 전달해야 합니다. ③굵고 짧게 던져야 합니다. 무엇을 취하고 무엇을 버리는가? 그래서 어떤 광고가 나에게 어필하고 있는가? 어떤 CF는 왜 매력을 느낄 수 없는가? 저는 광고의 세계에 푹 빠져 있습니다. 두세 번 보아도 질리지 않는 광고가 있습니다. 한 번에 바로 진부하게 느껴지는 광고도 물론 있습니다. 저는 이 세계가 좋습니다. 이 장에서의 승부에 매력을 느낍니다. 이 세계에 도전하고 싶습니다.

① ─────────────────
불필요한 접속사는 생략한다.

② ─────────────────
주어는 가급적 서술에 가까운 곳에 둔다.

③ ─────────────────
광고 분야에 지원하는 자기소개서인 만큼 곳곳에 카피에 준하는 문장들을 배치한다.

＊ 일화 사례2_광고에 눈뜨다

지하철을 타면 가장 먼저 하는 일, 휴대폰을 꺼내는 것입니다. 목적지에 갈 때까지 제 눈은 휴대폰 화면에서 ①벗어날 수 없습니다. 거기에는 무궁무진한 세계가 있습니다. 수많은 동영상이 있고, 세상 사람들의 소식이 있고, 친구들과의 대화가 있습니다. 또 좋아하는 노래들이 있고, 한번쯤 만나보고 싶은 연예인들도 있습니다. 무엇보다 배터리와 휴대폰만 있다면 ②저는 혼자 방 안에 수백 일을 갇혀 있어도 전혀 지루해하지 않을 것입니다.

어도 전혀 지겹지 않을 듯싶습니다.

　어느 날 간밤에 못본 예능 프로그램의 명장면을 보기 위해 포털의 동영상을 클릭했더니 광고가 시작되었습니다. 다른 때보다 의무적으로 봐야하는 광고 시간이 길었습니다. 15초는 지나야 건너뛸 수 있다는 메시지가 떴습니다. 15초라는 짧은 시간이었지만 지루했습니다. 이번만이 아니었습니다. 보고싶은 동영상을 클릭할 때마다 저는 이런 지루함을 느껴왔습니다. 그럴 때마다 드는 생각이지만 왜 15초를 넘어서도 보고 싶은 광고를 만들지 못하는 것일까? 그것이 과연 정말 어려운 일일까? 나라면 어떻게 할 것인가? 온갖 궁리를 하다가 여러 가지 안들을 만들어보았습니다. 그날 이후, 저는 동영상 앞에 붙는 광고를 끝까지 보며 연구하는 습관이 생겼습니다.

③어느 날의 일입니다. 간밤에 놓친 예능 프로그램의 명장면을 보기 위해 포털 동영상을 클릭했습니다. 광고가 먼저 시작되었습니다. 의무적으로 봐야하는 광고 시간이 다른 때보다 무척 길게 느껴졌습니다. 십오 초는 지나야 건너뛸 수 있다는 메시지가 떴습니다. ④시간은 짧았지만 광고는 지루했습니다. 그런 느낌은 이번만이 아니었습니다. 보고 싶은 동영상을 클릭할 때마다 지루함을 감당해야 했습니다. 그럴 때마다 생각했습니다. '15초를 넘어서도 보고 싶은 광고를 왜 만들지 못하는 것일까? 정말 어려운 일일까? 나라면 어떻게 할까?' 온갖 궁리를 하면서 여러 가지 안들을 만들어보았습니다. 그날 이후, 저는 동영상 앞에 붙는 광고를 끝까지 보며 연구하기 시작했습니다.

①
군더더기를 빼고 최대한 압축한다.

②
과장된 표현보다는 최대한의 공감을 얻을 수 있는 표현으로 수정한다.

③
단문을 적극 활용하여 글의 긴장도를 높인다.

④
대구 형식의 표현을 적절히 활용한다.

주례사 결혼을 축복하며

> 앞에서 이야기했듯이, 주례사의 경우도 하나의 콘셉트가 전체를 관통하도록 설계하는 것이 좋겠다. 할 이야기를 무작정 순서대로 배치하기보다는 일관된 콘셉트나 형식을 갖추어 전개하자는 것이다. 부부가 서로를 대하는 자세를 책, 스승, 물, 보약과 같은 키워드를 통해 전달하려는 형식을 취했다.

오늘 신랑 김복동 군과 박영희 양이 하객 여러분이 지켜보는 가운데 백년가약을 맺습니다. 주례를 맡은 저는 부족하지만 인생의 선배로서 새 출발하는 부부에게 간단하게 몇 가지 당부를 드립니다.

첫째, 부부는 서로에게 책과 같은 존재가 되어야 합니다. 책 속에는 우리가 경험하지 못했던 많은 진실이 있고 가르침이 있습니다. 서로 다른 환경에서 자라난 만큼 서로에 대해 모르는 것이 많을 것입니다. 책을 찬찬히 읽어나가듯이 서로를 알고 서로를 배워나가야 합니다. 그렇게 새로운 책을 만들어나가야 합니다.

둘째, 부부는 서로에게 스승과 같은 존재가 되어야 합니다. 존경하고 아껴야 합니다. 가까워졌다고 살을 맞대고 산다고 허투루 대하면 결코 안 됩니다. 무슨 일이 생기면 서로에게 가장 먼저 이야기하고 오늘 하객 여러분이 지켜보는 가운데 신랑 김복동 군과 박영희 양이 백년가약을 맺습니다. 주례를 맡은 저는 ①부족하지만 두 부부와 각별한 인연을 가지고 있습니다. 오늘은 인생의 선배로서 간단하게 네 가지만 당부를 드리려 합니다.

첫째, 부부는 서로에게 책과 같은 존재입니다. 책 속에는 ⓒ우리가 미처 경험하지 못했던 ⓛ많은 진실이 있고 가르침이 있습니다. ②다른 환경에서 자라난 만큼 부부는 서로에 대해 모르는 것이 많습니다. 책을 찬찬히 읽어나가듯이 서로를 알고 배워나가야 합니다. 그래서 두 사람이 ③인생이라는 새로운 책 한 권을 만들어나가야 합니다.

둘째, 부부는 서로에게 스승과 같은 존재입니다. 존경하고 아껴야 합니다. 가까워졌다고 살을 맞대고 산다고 허투루 대하면 결코 안 됩

서로의 안부를 가장 먼저 물어야 합니다. 가정의 탄생은 사랑이지만 가정을 지탱하는 것은 존경입니다.

셋째, 부부는 서로에게 물과 같은 존재가 되어야 합니다. 물은 언제나 모든 것을 감싸며 가장 낮게 흐릅니다. 서로를 낮은 자세로 대하십시오. 서로의 잘못을 포용하고 인정해야 합니다. 군림하려고 해서도 안 되고 이기려고 해서도 안됩니다. 가정에서는 승패가 없습니다.

넷째, 부부는 서로에게 보약 같은 존재가 되어야 합니다. 백년해로를 하는 동안, 기쁜 일도 있겠지만 어려운 일도 있을 것입니다. 그런 고비를 넘는 힘은 남편에게서 또 아내에게서 나옵니다. 서로에게 힘이 되어야 합니다. 언제나 응원하고 기운을 불어넣어 주십시오. 건강한 가정을 만드는 지름길입니다.

짧게 말씀드렸습니다. 신랑신부의 앞날에 큰 축복이 있기를 바랍니다. 또 하객 여러분의 건강과 행복을 기원합니다. 감사합니다.

니다. 무슨 일이 생기면 가장 먼저 서로에게 이야기해야 합니다. 가장 먼저 안부를 물어야 할 사람도 부부입니다. ④가정은 사랑으로 탄생하지만 가정의 행복은 존경으로 완성됩니다.

셋째, 부부는 서로에게 물과 같은 존재입니다. 상선약수라는 말이 있습니다. 물은 언제나 모든 것을 감싸며 가장 낮게 흐릅니다. 낮은 자세로 서로를 대하십시오. 잘못을 포용하고 인정해야 합니다. 군림하려고 해도 안 되고 이기려고 해서도 안 됩니다. 가정은 세상에서 유일하게 경쟁이 없는 곳입니다.

넷째, 부부는 서로에게 보약 같은 존재가 되어야 합니다. 백년해로하는 동안, 기쁜 일도 있겠지만 어려운 일도 있을 것입니다. 그런 고비를 넘는 힘은 남편에게서 또 아내에게서 나옵니다. 서로에게 힘이 되어야 합니다. 언제나 응원하고 기운을 불어넣어 주십시오. 건강한 가정을 만드는 지름길입니다.

짧게 말씀드렸습니다. 신랑신부의 앞날에 큰 축복이 있기를 바랍니다. 또 하객 여러분의 건강과 행복을 기원합니다. 감사합니다.

---

① ——————————————
군더더기는 과감히 생략한다.

② ——————————————
'것'이 되풀이되고 있어서 서술부를 수정한다.

③ ——————————————
막연하게 사랑과 행복을 이야기하기보다는 구체적인 삶, 또는 그것을 상징할 수 있는 표현을 적극적으로 활용한다.

④ ——————————————
구어체 표현으로 대구를 완성한다.

연설문 2012년 문재인 대통령후보수락연설

다음은 2012년 9월 민주통합당 문재인 후보의 대통령후보 수락연설의 일부이다. 당시 최종 경선을 앞두고 수락연설의 초안을 수정했던 과정이다. 여기 소개하는 것은 후보 측이 보내온 초안을 내가 다듬는 과정이다. 수정하지 않은 문단은 흐름을 끊지 않는 범위에서 생략했다. 내 입장에서는 최종수정안이었지만 그 뒤로 후보와 후보 측에서 추가로 다듬고 보완했기 때문에 실제 연설이 된 버전과는 다소 차이가 있다.

존경하는 국민 여러분. 그리고 당원 동지 여러분. 감사합니다.

여러분은 대한민국의 변화를 선택하셨습니다. 여러분은 정권교체를 선택하셨습니다. 여러분은 민주통합당의 승리를 선택하셨습니다.

그리고 저 문재인에게 대한민국의 변화와 정권교체, 그리고 민주통합당 승리의 주역이 되라는 막중한 책임을 맡겨주셨습니다. 저는 두렵지만 무거운 소명의식으로, 민주통합당의 대통령후보직을 수락합니다. 그리고 저에게 부여된 막중한 책임을, 반드시 이루어낼 것을 약속드립니다.

존경하는 국민 여러분. 그리고 당원 동지 여러분. 감사합니다.

여러분은 대한민국의 변화를 선택하셨습니다. 정권교체를 선택하셨습니다. 민주통합당의 승리를 선택하셨습니다.

✳ ———————————————————

'여러분'이 많이 되풀이되고 있어서 일부를
생략했다.

그리고 저 문재인을 선택하셨습니다. 여러분의 간절한 소망을 이루어내는 주역이 되라는, 막중한 책임을 맡기셨습니다. 저는 두렵지만 무거운 소명의식으로, 민주통합당의 대통령후보직을 수락합니다. 그리고 저에게 부여된 막중한 책임을, 반드시 이루어낼 것임을 약속. 드립니다. 여러분의 지지와 성원에 보답하겠습니다. 12월 대통령선

1년 전만 해도 저는 현실정치로부터 멀리 있었습니다. 그런 제가, 우리 민주통합당의 대통령후보가 되기까지 많은 분들의 도움이 있었습니다. 먼저, 수평적 정권교체를 이뤄내고 국민참여시대를 열었던 김대중, 노무현 두 분 대통령이 계십니다. 저의 오늘은 두 분의 역사 위에 서있습니다.

　변화를 갈망하는 국민들이 저에게 큰 용기가 되었습니다. 변화에 대한 그분들의 간절함이 승리의 원동력이 되었습니다. 국민경선에 함께 한 100만 명의 시민들은, 정권교체에 나서도록 저에게 힘을 모아주셨습니다. 당원 동지들의 격려는, 경선기간 동안 저를 지탱해준 든든한 버팀목이었습니다. 저는 자랑스러운 민주통합당의 후보입니다. 그 사실을 언제나 잊지 않을 것입니다.

　끝까지 경선을 함께한 세 분 후보님께도 위로와 함께 감사를 드립니다. 저는 경쟁을 통해, 저에게 주어진 소명과 책무를 더욱 명확하게 인식할 수 있었습니다. 세 분 후보님들의 비전과 정책도 저에게 큰 도움이 됩니다. 세 분 후보님들과 함께 손잡고, 민주통합당의 이

거에서 반드시 승리하겠습니다.

✳ ─────────────
책임이나 이루어낼 목표를 좀 더 구체적으
로 묘사한다.

1년 전만 해도 저는 현실정치로부터 멀리 있었습니다. 그런 제가
민주통합당의 대통령후보가 되었습니다. 많은 분들의 도움이 있었
습니다. 먼저, 변화를 갈망하는 국민들이 계셨습니다. 그 간절함이
저에게 큰 용기가 되었습니다. 승리의 원동력이 되었습니다. 수평적
정권교체를 이뤄내고 국민참여시대를 열었던 김대중, 노무현 두 분
대통령이 계십니다. 저의 오늘은 두 분의 역사 위에 서있습니다. 국
민경선에 함께 한 100만 명의 시민들이 계십니다. 저에게 정권교체
에 나서도록 힘을 모아주셨습니다. 무엇보다 당원 동지들의 격려가
있었습니다. 경선기간 내내 저를 지탱해준 버팀목이었습니다. 저는
자랑스러운 민주통합당의 후보입니다. 그 사실을 언제나 잊지 않을
것입니다.

세 분 후보님이 끝까지 경선을 함께했습니다. 위로의 인사와 함께
감사의 말씀을 드립니다.
경쟁이 저를 거듭나게 했습니다. 소명과 책무를 더욱 명확히 인식
하게 되었습니다. 그동안 제시하셨던 비전과 정책들은, 저에게 큰 도

름으로 정권교체, 반드시 이루어내겠습니다.

존경하는 국민여러분!

변화의 새 시대를 열어야 합니다. 우리는 세계사적 전환기에 살고 있습니다. 미국발 금융위기에 이은 유럽의 재정 위기로 세계 경제가 요동치고 있습니다.

시장만능주의와 성장지상주의가 빚어낸 극심한 양극화 현상으로 어느 나라 없이 보통사람들의 삶이 무너지고 있습니다. 세계 자본주의의 위기를 걱정하는 소리가 높아지고 있습니다.

시대는 우리에게 '경쟁과 효율'에서 '상생과 협력'의 새로운 패러다임을 요구하고 있습니다. 개발독재와 정경유착 경제로 파행적 압축 성장을 이룬 우리나라는 높은 대외의존도 때문에 안팎으로 어려움

움이 될 것입니다. 이제 세 분 후보님과 손을 잡겠습니다. 민주통합
당의 이름으로 하나가 되겠습니다.

＊ ─────────────────────────
경쟁후보와의 단합을 이야기하는 대목이므
로 '정권교체'는 군더더기로 보여서 삭제한
다.

　존경하는 국민 여러분!

　우리는 세계사적 전환기에 살고 있습니다. 수년 전 미국 발 금융
위기가 있었습니다. 지금은 유럽이 재정위기에 처해 있습니다. 세계
경제가 요동치고 있습니다.

＊ ─────────────────────────
의미를 분명하게 전달하기 위해서 단문으
로 끊어낸다.

　각 나라마다 양극화가 심화되고 있습니다. 시장만능주의와 성장
지상주의가 빚어낸 결과입니다. 곳곳에서 보통사람들의 삶이 무너
지고 있습니다. 세계 자본주의의 위기를 걱정하는 소리가 높습니다.

　대한민국도 위기로부터 자유롭지 못합니다. 우리 경제는 개발독
재와 정경유착으로 파행적인 압축 성장을 이루었습니다. 대외의존
도가 높은 경제가 되었습니다. 그래서 지금, 안팎의 어려움에 직면해

에 직면해 있습니다.

우리는 성장만을 외치며 앞만 보고 달려왔습니다. 하지만 그 그늘 속에서 자란 특권과 부패, 독선과 아집, 갈등과 반목의 구시대 문화가 새로운 시대로의 전진을 가로 막고 있습니다. 이제 우리는 변해야 합니다. 새로운 패러다임을 받아들여야 합니다. 변화의 새 시대를 열어야 합니다.

불통과 독선의 리더쉽은 구시대의 유산입니다. 권위주의 시대의 역사의식으로는 새 시대를 열어갈 수 없습니다.

저 문재인은 '협력과 상생'의 시대정신과 '소통과 화합', '공감과 연대'의 새로운 리더쉽으로 변화의 새 시대를 열겠습니다.

있습니다.

* ─────────────────────
'우리나라'를 수식하는 절이 너무 길어 이를
끊어내어 한 문장으로 처리한다. 실제 연설
문에서는 특히 포유문이 남발되지 않도록
주의할 필요가 있다.

성장만을 외치며 달려오는 동안, 특권과 부패가 만연했습니다. 독선과 아집이 횡행했습니다. 갈등과 반목이 되풀이되었습니다. 이 구시대 문화가 우리의 전진을 가로막고 있습니다. 시대는 패러다임의 전환을 요구하고 있습니다. '경쟁과 효율'에서 '상생과 협력'으로의 전환입니다.

* ─────────────────────
역시 '구시대 문화'를 수식하는 절이 길어
이를 별도의 문장들로 처리한다.

'불통과 독선'의 리더십은 구시대의 유산입니다. 권위주의 시대의 잘못된 역사의식입니다.

'협력과 상생'이 오늘의 시대정신입니다. 저는 '소통과 화합'의 리더십을 발휘하겠습니다. '공감과 연대'의 리더십을 펼치겠습니다. 저 문재인이 변화의 새 시대를 열겠습니다.

존경하는 국민여러분!

행복하십니까? 국가가 나를 위해 존재한다고 느끼십니까? 나의 어려움을 기댈 수 있는 정부라고 생각하십니까?

만원 버스에 몸을 싣고 출퇴근하며 힘겹게 직장생활을 하지만 가계는 여전히 빚투성이입니다. 이자를 갚다보면 남는 여윳돈이 없습니다.

(중략)

청소년들은 끔찍한 성적경쟁으로 인한 좌절과 절망 속에서, 스스로 삶을 포기하고 있습니다. 여성들은 어두운 밤, 퇴근길이 무섭습니다. 등하굣길뿐만 아니라 집에 있는 아이들의 안전까지 걱정해야 할 정도로 범죄가 만연하고 치안은 무력합니다.

*   ───────────────────────

좋은 단어들을 나열하면, 뜻을 제대로 전달
하기 어렵다. 각 명제들을 하나의 문장으로
처리한다.

존경하는 국민 여러분.

행복하십니까? 국가가 나를 위해 존재한다고 느끼십니까? 어려운
처지의 내가 믿고 기댈 수 있는 정부입니까?

보통사람들의 현실은 불안하고 아프기만 합니다. 힘겨운 직장생
활에도 가계는 여전히 빚투성이입니다. 이자를 갚다보면 남는 여윳
돈이 없습니다.

(중략)

청소년들은 가혹한 성적 경쟁에 내몰리고 있습니다. 좌절과 절망
으로 스스로 삶을 포기하기도 합니다. 여성들은 어두운 밤길이 무섭
습니다. 주부들은 자녀들의 등하굣길을 살펴야합니다. 집에 있는 아
이들의 안전도 걱정해야 합니다. 범죄가 만연하지만 치안은 무력합
니다.

*   ───────────────────────

단문을 적극적으로 활용한다.

신문을 열면 대통령 측근들의 비리가 한숨을 짓게 만듭니다. 기득권정치와 정치검찰, 재벌의 특권 카르텔은 더 힘이 세어져서 횡포를 부리고 있습니다. 지난 이명박정부 5년 동안 시대는 다시 과거로 돌아갔습니다. 민주정부 10년 동안 쌓아온 민주주의와 인권까지 후퇴시켰습니다.

(중략)

우리가 바꿔야 합니다. 변화의 새 시대로 가야 합니다. 이번 대통령선거에서 역사의 물줄기를 다시 돌려놓아야 합니다. 저 문재인이 앞장서겠습니다. 역사의 수레바퀴를 앞으로 밀고 나아가겠습니다. 국민들이 좌절을 딛고 일어설 수 있는 용기와 희망을 드리겠습니다.

존경하는 국민여러분!

제가 대통령이 된다면 '사람이 먼저다'를 국정 철학으로 삼겠습니다. 저는 '사람이 먼저인 세상'을 만들겠습니다. 돈과 지위, 직업과 신분, 학력과 학벌의 차별없이 모든 사람이 똑같이 존엄한 세상입니다.

대통령 측근들의 비리는 끝이 없습니다. 기득권정치, 정치검찰, 재벌이 손을 잡고 있습니다.

이 특권 카르텔의 횡포가 극에 달하고 있습니다. 이명박 정부 5년이 시대를 과거로 돌려놓았습니다. 민주주의와 인권도 후퇴되었습니다.

(중략)

우리가 바꿔야 합니다. 변화의 새 시대로 가야 합니다. 이번 대통령선거에서 역사의 물줄기를 다시 돌려놓아야 합니다. 저 문재인이 앞장서겠습니다. 역사의 수레바퀴를 앞으로 밀고 나가겠습니다. 국민들에게 희망과 용기를 되돌려드리겠습니다.

존경하는 국민 여러분.

'사람이 먼저입니다.' 제가 대통령이 되면 이 말이 국정철학이 될 것입니다. '사람이 먼저인 세상'을 만들겠습니다. 모든 사람이 똑같이 존엄한 세상입니다. 돈과 지위의 차별이 없을 것입니다. 직업과 신분의 차별도, 학력과 학벌의 차별도 없을 것입니다.

＊ 카피에 가까운 문구는 별도의 한 문장으로 처리한다.

저는 '공평'과 '정의'를 국정운영의 근본으로 삼겠습니다.

'보통사람들이 함께 기회를 가지는 나라', '상식이 통하고, 권한과 책임이 비례하는 사회', '세금이 제대로 쓰이는 나라', '힘없는 사람에게 관대하고 힘있는 사람에게 엄격한 잣대가 적용되는 사회' 대선 출마를 선언할 때 시민들이 제게 주신 제언들입니다. 모두가 '공평'과 '정의'에 대한 요구들입니다.

제가 대통령이 되면, 기회의 평등, 과정의 공정함, 결과의 정의라는 국정운영 원칙을 바로 세우겠습니다. 보통사람들의 간절한 요구들이 실현되는 나라를 만들 것입니다.

특권과 반칙을 결코 용납하지 않겠습니다. 특권층이나 힘 있는 사람들의 범죄는 더욱 엄중하게 처벌할 것입니다.

'보통사람들이 함께 기회를 가지는 나라', '상식이 통하고, 권한과 책임이 비례하는 사회', '세금이 제대로 쓰이는 나라', '힘없는 사람에게 관대하고 힘 있는 사람에게 엄격한 잣대가 적용되는 사회', 대선 출마 선언 당시 시민들이 주신 제언들입니다. 모두가 '공평'과 '정의'에 대한 요구들입니다.

　제가 대통령이 되면, '공평'과 '정의'가 국정운영의 근본이 될 것입니다. 기회는 평등할 것입니다. 과정은 공정할 것입니다. 결과는 정의로울 것입니다. 이것을 국정운영의 원칙으로 바로 세우겠습니다.

✳ ─────────────────────
추상명사가 나열된 대목을 각각 단문으로
처리하여 뜻을 더욱 구체적으로 표현한다.

　특권과 반칙은 결코 용납하지 않을 것입니다. 특권층이나 힘 있는 사람들의 범죄는 더욱 엄중하게 처벌할 것입니다.

　권력형 비리와 부패를 엄단하겠습니다. 재벌이 돈으로 정치를 매수하는 행위를 근절하겠습니다. 병역의무를 회피한 사람이 고위공직에 오르는 일은 없을 것입니다. 민간 분야도 반부패 대책을 세우겠습니다. 맑고 투명한 사회로 거듭나도록 하겠습니다.

존경하는 국민여러분!

지금 대한민국은 변화의 문 앞에 서 있습니다. 우리 앞에는 새로운 시대를 여는 다섯 개의 문이 기다리고 있습니다.

그것은 일자리 혁명의 문입니다. 복지국가의 문입니다. 경제민주화의 문입니다. 새로운 정치의 문입니다. 그리고 평화와 공존의 문입니다. 이 다섯 개의 문을 지나 우리는 새로운 대한민국으로 가야합니다.

(중략)

변화의 새 시대로 가는 첫 번째 문은, 일자리 혁명의 문입니다. 저 문재인이 그 문을 열겠습니다. 일자리가 없는 곳에는 희망도 없습니다. 희망은 바로 삶의 동력입니다. 어느 한 부처의 정책 차원을 넘어서 범정부적인 일자리 혁명을 추진하겠습니다.

✳ ────────────────
뒤에 나오는 '권력형 비리' 이야기를 '특권
과 반칙' 대목에서 소화하도록 처리한다.

　존경하는 국민여러분!

　새로운 시대로 가는 다섯 개의 문이 우리 앞에 있습니다.

✳ ────────────────
비슷한 뉘앙스의 두 문장을 하나로 압축한
다.

　그것은 일자리 혁명의 문입니다. 복지국가의 문입니다. 경제민주
화의 문입니다. 새로운 정치의 문입니다. 그리고 평화와 공존의 문입
니다. 우리는 이 다섯 개의 문을 열어야 합니다. 새로운 대한민국으
로 가야합니다.

　(중략)

　첫 번째는 일자리 혁명의 문입니다. 저 문재인이 그 문을 열겠습
니다. 일자리가 없는 곳에는 희망도 없습니다. 희망은 바로 삶의 동
력입니다. 범정부적인 일자리 혁명을 추진하겠습니다.

✳ ────────────────
의미가 중복되는 표현들은 과감히 생략한다.

(중략)

변화의 새 시대로 가는 두 번째 문은, 복지국가의 문입니다. '복지는 투자입니다.' '복지는 성장동력입니다.' 저 문재인이 그 문을 열겠습니다.

민주정부 10년은 복지국가의 시작이었습니다. 복지재정이 크게 늘고, 복지제도의 기본틀이 갖춰졌습니다. 하지만 양극화 문제를 해결하지 못했습니다.

이명박 정부 5년 동안 모든 부문에서 격차가 더 커졌습니다. 제가 대통령이 되면, 격차 해소를 국정의 최우선 목표로 삼을 것입니다. 소외되고 그늘진 곳이 없도록 살필 것입니다. 노인복지에도 각별한 관심을 기울여 고령화 사회, 고령사회에 대비하겠습니다.

복지국가로 가는 중장기계획을 세우겠습니다. 시혜적이고 선별적인 복지가 아니라 보편적 복지를 구현하는 '살고 싶은 복지국가 대한민국' 5년, 10년, 20년 계획을 세우겠습니다. 1단계 5년의 임기동안 변화의 새 시대로 가는 두 번째 문은, 복지국가의 문입니다. 저 문재인이 그 문을 열겠습니다. 복지는 투자입니다. 성장의 동력입니다.

민주정부 10년은 복지국가의 시작이었습니다. 복지재정이 크게 늘었습니다. 제도의 기본 틀도 갖춰졌습니다. 그러나 양극화 문제를 해결하지는 못했습니다.

이명박 정부 5년이 격차를 확대시켰습니다. 격차 해소가 국정의 최우선 목표가 될 것입니다. 소외되고 그늘진 곳이 없도록 살필 것입니다. 노인복지에도 관심을 쏟겠습니다. 고령화 사회, 고령사회에 대비하겠습니다.

✳ ─────────────────────────
문장을 군더더기 없이 최대한 압축한다.

복지국가로 가는 중장기계획도 세우겠습니다. 시혜적이고 선별적인 복지를 뛰어넘겠습니다. 보편적 복지가 계획의 핵심이 될 것입니다. '살고 싶은 복지국가 대한민국' 5년, 10년, 20년 계획을 세우겠습

'복지국가 건설'의 토대를 튼튼히 하겠습니다.

   한번 실패로 낙오되지 않고 재기할 수 있는 사회를 만들겠습니다. 국민의 고통과 아픔을 치유하는 '힐링 대통령'이 되겠습니다.

   변화의 새 시대로 가는 세 번째 문은, 경제민주화의 문입니다. 경제민주화는 시대적 명제입니다. 저 문재인이 그 문을 열겠습니다.

   반드시 경제 분야에서 '공평'과 '정의'를 바로세우겠습니다. 승자독식의 '정글의 법칙'이 아닌 '상생과 협력'의 경제 생태계를 만들겠습니다. 약자를 배려하는 따뜻한 경제가 필요합니다. 포용적, 창조적, 협력적, 생태적 성장을 통해 일자리 확대, 복지 확대의 선순환 구조를 만들겠습니다.

   공정한 시장질서를 위해 재벌관련 제도를 정비할 것입니다. 재벌의 특권과 횡포는 더 이상 용납되지 않을 것입니다.

니다. 1단계 5년의 임기동안 그 토대를 튼튼히 하겠습니다.

✳ ————————————
포유문을 정리하고 카피성 문구는 별도의
문장으로 처리한다.

한 번의 실패가 낙오로 이어져서는 안 됩니다. 재기할 수 있는 사회를 만들겠습니다. 저 문재인은 '힐링 대통령'이 될 것입니다. 국민의 고통과 아픔을 치유하겠습니다.

변화의 새 시대로 가는 세 번째 문은, 경제민주화의 문입니다. 경제민주화는 시대적 명제입니다. 저 문재인이 그 문을 열겠습니다.

경제 분야부터 '공평'과 '정의'를 바로세우겠습니다. 승자독식의 '정글의 법칙'에서 벗어나야 합니다. '상생과 협력'의 경제 생태계가 필요합니다. 이것이 약자를 배려하는 따뜻한 경제입니다.

✳ ————————————
문어체보다는 구어체가 이해하기 쉽다.

공정한 시장 질서를 만들겠습니다. 재벌 관련 제도를 확실히 정비하겠습니다. 재벌의 특권과 횡포는 용납되지 않을 것입니다.

재벌과 중소기업이 상생하는 길을 찾고 골목상권을 보호하겠습니다. 사용자와 노동자의 '공존·공생'을 도모하여 일하는 사람들의 상대적 박탈감을 없애겠습니다.

변화의 새 시대로 가는 네 번째 문은, 새로운 정치의 문입니다. 저 문재인이 그 문을 열겠습니다.

(중략)

제가 대통령이 되면 헌법과 법률이 정한 권한 밖의 특권을 결코 가지지 않겠습니다. 대한민국을 진정한 민주공화국으로 만들겠습니다. 권력을 꿈꾸지 않던 시절, 그리고 출마를 결심할 때 그 초심을 잃지 않겠습니다.

책임총리제를 통해 '제왕적 대통령'의 권력을 분산하겠습니다. 당을 지배하지 않는 대통령과 정책을 주도하는 여당이 협력하여 정당책임정치를 구현 하겠습니다. 소통과 참여를 보장하는 직접민주주의를 강화하고, 시민정치시대를 열겠습니다.

재벌과 중소기업이 상생하는 길을 찾겠습니다. 골목상권을 보호하겠습니다. 사용자와 노동자의 '공존·공생'을 도모하여 일하는 사람들의 상대적 박탈감을 없애겠습니다.

✳ ————————————————————

단문을 활용하여 리듬감을 살린다.

변화의 새 시대로 가는 네 번째 문은, 새로운 정치의 문입니다. 저 문재인이 그 문을 열겠습니다.

(중략)

대통령이 되면 저는 대한민국을 진정한 민주공화국으로 만들겠습니다. 대통령이 권한 밖의 특권을 갖는 일은 결코 없을 것입니다. 오로지 헌법과 법률이 정한 권한만을 행사할 것입니다. 결코 초심을 잃지 않을 것입니다.

책임총리제를 통해 '제왕적 대통령'의 권력을 분산하겠습니다. 정당책임정치를 구현하겠습니다. 대통령은 당을 지배하지 않을 것입니다. 여당은 정책을 주도하게 될 것입니다. 직접민주주의를 강화하겠습니다. 시민들의 소통과 참여를 적극적으로 보장하겠습니다.

지방을 살리는 국가균형발전 속에서 본격적인 지방분권시대를 열겠습니다.

(중략)

제가 대통령이 되면 편 가르기, 정치보복, 더 이상 없을 것입니다. 품격있는 정치를 하겠습니다. 야당과도 외교, 안보에 관한 정보를 나누고, 정책을 협의할 것입니다. 특히, 선거 때 공통으로 한 공약은 인수위 때부터 실행을 협의해 나가겠습니다.

변화의 새 시대로 가는 다섯 번째 문은 평화와 공존의 문입니다. 분단을 극복하는 것이야 말로 우리 민족의 과제입니다. 저 문재인이 그 문을 열겠습니다.

지난 5년 동안 한반도는 대결과 긴장의 연속이었습니다. 민주정부 10년 동안 공들여 쌓아온 남북 간의 신뢰가 모두 무너졌습니다.

✳ ─────────────────────────

연설에 적합하지 않은 포유문을 정리한다.

국가균형발전정책으로 지방을 살리겠습니다. 본격적인 지방분권 시대를 열겠습니다.

(중략)

품격 있는 정치를 하겠습니다. 편 가르기와 정치보복, 더 이상 없을 것입니다. 야당과도 외교·안보에 관한 정보를 공유할 것입니다. 이를 토대로 정책을 협의할 것입니다. 특히, 여야가 같은 입장인 선거공약이 있다면 인수위 때부터 그 실행을 협의해 나가겠습니다.

✳ ─────────────────────────

종합적인 결론을 먼저 이야기한 후 사례를
나열하는 방식이 좋다.

변화의 새 시대로 가는 다섯 번째 문은 평화와 공존의 문입니다. 분단 극복은 우리 민족의 과제입니다. 저 문재인이 그 문을 열겠습니다.

지난 5년, 한반도에서는 대결과 긴장이 계속되었습니다. 민주정부 10년이 공들여 쌓아온 남북 간의 신뢰가 모두 무너졌습니다. 평화는 새누리당 정권은, 평화는 실패했고 안보는 무능했습니다.

(중략)

이제는 평화가 경제입니다. 남북경제연합을 통해, 경제 분야에서 먼저 통일을 향해 나아가겠습니다. 우리에게는 새로운 성장 동력이 필요합니다. 북한은 대륙경제로 진출하는 기회의 땅이 될 것입니다. 남북경제연합은 우리 대한민국을, 1인당 국민소득 3만 달러와 인구 8천만의 한반도 시장으로 상징되는 '30-80시대'로 이끄는 견인차가 될 것입니다. 우리 대한민국이 미국, 독일, 일본에 이어 네 번째 '30-80' 국가가 될 것입니다. 북한도 함께 발전하는 평화번영의 시대가 열릴 것입니다.

저는 대통령에 당선되면 북한에 특사를 보내 취임식에 초청하고,

실패했고 안보는 무능했습니다.

✳ ─────────────
'지난 5년, 한반도에서는 대결과 긴장이 계
속되었습니다.'가 더 좋은 문장이다. '새누
리당 정권은'은 생략해도 좋은 주어이다.

(중략)

이제는 평화가 경제입니다. 남북경제연합을 통해, 경제 분야에서부터 통일을 향해 나아가겠습니다. 우리에게는 새로운 성장 동력이 필요합니다. 북한은 대륙경제로 진출하는 기회의 땅이 될 것입니다. 남북경제연합은 우리 대한민국을, '30-80시대'로 이끄는 견인차가 될 것입니다. 1인당 국민소득 3만 달러와 인구 8천만의 한반도시장을 의미합니다. 우리 대한민국이 미국, 독일, 일본에 이어 네 번째 '30-80' 국가가 될 것입니다. 북한도 함께 발전하는 평화번영의 시대가 열릴 것입니다.

✳ ─────────────
포유문을 정리하고 단문으로 끊어준다.

대통령에 당선되면 북한에 특사를 보내 취임식에 초청할 것입니임기 첫 해 남북정상회담을 추진하겠습니다. 대통령 후보 시절에도 이명박 정부가 북한과의 관계개선을 위해 도움을 요청한다면, 민주통합당 그리고 시민사회 진영과 함께 적극협력 할 것임을 밝힙니다.

　지금 한반도를 둘러싼 국제 정세는, 화해와 협력보다는, 경쟁과 갈등이 고조되고 있습니다. 한일간에는 독도와 역사문제를 둘러싼 대립이, 중일간에는 해묵은 영토분쟁이 다시 격화되고 있습니다. 중국이 G2 국가로 성장한 가운데 미국도 아시아로 회귀를 선언하였습니다.

다. 임기 첫 해에 남북정상회담을 추진하겠습니다. 대통령 선거 전이라도 북한과의 관계개선을 위해 이명박 정부의 요청이 있다면 적극 협력할 것입니다.

✳ ─────────────────────

더 다듬는다면, '북한과 관계를 개선하기 위해'로 바꾸어주는 게 좋겠다.

지금 한반도를 둘러싼 국제 정세에 경쟁과 갈등의 파고가 높습니다. 한·일 간에는 독도와 역사문제를 놓고 대립이 있습니다. 중·일 간에는 영토분쟁이 격화되고 있습니다. 중국은 G2 국가로 성장했고, 미국도 아시아로의 회귀를 선언했습니다.

✳ ─────────────────────

길게 나열하여 늘어지는 문장보다는 짧게 끊어 의미가 분명해지도록 수정한다.

정치인 노무현이 만난 세 개의 봄

여기서는 평전 등 전기에 해당하는 원고를 다듬는 사례를 소개한다. 현재 집필 중인 《노무현 평전》에서 일부를 인용했다. 역시 긴 글이 아니라면 앞의 사례들처럼 하나의 콘셉트로 다양한 이야기를 엮어넣으면 좋다. 여기서는 '봄'을 키워드로 삼았다. 전기물은 무엇보다 기록에 대한 촘촘한 관찰이 중요하다. 그 바탕 위에서 폭넓은 취재가 이루어져야 한다. 평전의 경우는 단순한 전기가 아니므로 상상력의 요소도 적절히 가미되어야 할 것이다.

1. 봄 하나, 1989년 봄(의원직 사퇴)

국회의원이 되어 두 번째 맞는 봄. 그는 청문회 스타로 겨울을 보냈다. 한껏 높아진 인기가 큰 부담이 되어 그의 두 어깨를 짓누르고 있었다. 스타 국회의원은 전혀 예상치 못한 것이었다. 당선되어 부랴부랴 서울로 올라온 것이 1년 전의 일이었다. 가족들이 언제 부산을 떠났는지, 입주할 여의도 아파트의 내부 공사가 완료되었는지 그는 전혀 알 수 없었다. 가장이었지만 그는 가장의 역할을 하지 못했다. 그러다가 5공비리 청문회가 시작되고 그는 일약 스타가 되었다. 가장의 얼굴을 볼 수 없어 불안해하던 가족들은 TV만 켜면 그의 얼굴이 나오자 안도의 한숨을 내쉬었다. 그래도 어디서 어떻게 살고 있는

1. 봄 하나, 1989년 어느 잔인했던 봄날

정치인이 되어 두 번째 맞는 봄. 뜻밖의 복병이 그를 기다리고 있었다. 지난겨울 그는 청문회스타로 인구에 회자되었다. 연예인 같은 스타 정치인은 전혀 예상하지 못한 것이었다. ①이름을 제대로 알리기보다는 일을 제대로 하고 싶은 국회의원이었다. 한껏 높아진 인기는 기분을 좋게 하는 것이기도 했지만 한편으로는 큰 부담이 되어 두 어깨를 짓누르곤 했다. 유명해진 만큼 기대도 커진 때문이었다.

당선되자마자 부랴부랴 서울행을 준비했던 것이 1년 전의 일이었다. 가족들과 세간, 그리고 사는 집을 놔두고 몸만 먼저 올라왔다. 입주할 여의도 아파트의 내부수리를 챙기는 일이 그의 몫이었다. 하지지는 알 수 있기 때문이었다.

　그는 야권통합에도 힘썼다. 1987년 후보단일화 실패로 인한 패배의 아픔을 다시는 겪고 싶지 않았다. 노동문제의 현장에도 적극적으로 다녔다. 그러나 어느 순간부터 국회의원이라는 옷이 불편해지고 있었다. 본회의장 의석은 가시방석 같았고, 의원회관에 들어서면 스스로가 이방인처럼 느껴졌다. 자신이 있어야 할 곳은 파업의 현장인 듯싶었다. 가진 것이 없는 사람들이 힘겹게 절규하고 있는 그곳으로

만 그는 그곳에 들를 시간조차 없었다. 마침내 올라온 아내와 딸, 아들이 아파트의 문을 열자 내부는 여전히 공사가 한창이었다. 하는 수 없이 호텔 신세를 져야 했다. 그래도 그는 모습을 나타내지 않았다. 가장이었지만 그는 가장이 아니었다. 때마침 강연차 통영에 갔던 그는 집에서 잠을 잘 요량으로 부산으로 향했다. 경비가 깜짝 놀라 뛰어나오며 말했다. ②"오늘 짐 빼고 이사 가셨습니다."

5공비리 청문회가 시작되면서 그는 일약 스타가 되었다. 가족들은 안도의 한숨을 내쉬었다. 어디에서 무얼 하는지 알 수 없던 그의 모습을 TV가 중계했다.

①
대구를 적절히 활용한다.

②
독자들이 모습을 눈앞에 떠올릴 수 있도록 보강 취재를 통해 더욱 구체적으로 묘사한다. '대화'에 해당하는 대목은 따옴표로 처리해 부각시킨다.

①청문회가 파행을 겪자 그는 야권통합에 진력했다. 대선 패배의 악몽을 되풀이할 수는 없다는 일념이었다. 노동 현장에도 뛰어다녔다. 하지만 여전히 국회의원이라는 권력의 옷은 그에게 불편했다. 본회의장 의석은 가시방석 같았다. 의원회관에 들어서면 스스로 이방인이라는 느낌이 들었다. 그가 있어야 할 곳은 파업의 현장인 듯싶었다. 가진 것 없는 사람들이 힘겹게 절규하고 있는 그곳으로 달려가고

달려가고 싶었다.

　무척이나 화창했던 어느 봄날. 본회의를 마친 그는 정문을 나와 의원회관 사무실로 향했다. 그의 차도 검은색 고급 승용차들의 긴 행렬 속에 섞였다. 가로수 잎이 싱그럽게 피어나고 있었다. 그날따라 하늘도 무척이나 고운 빛깔을 자랑했다. 그런데 국회 정문 앞 버스정류장을 통과하는 순간 그는 행색이 초라한 사람들의 무리를 접했다.

　"상계동에서 온 철거민들이랍니다. 조금 전까지 국회 앞에서 시위를 벌이다가 이제 막 경찰들에게 강제 해산당한 모양입니다."

　동승했던 비서가 말했다. 그는 차 안에서 고개를 깊이 숙였다. 철거민들이 혹시라도 그의　얼굴을 보게 될까 두려웠다. 엄청난 아픔

270

싶었다.

①
기록문이나 전기문의 경우, 인과관계의
사실을 최대한 구체적으로 밝혀준다.
당시 상황을 잘 모르는 독자에 대한 배
려이다.

①무척이나 화창했던 봄날이었다. 본회의를 마친 그는 국회정문
을 나와 의원회관 사무실로 향했다. 검은색 고급 승용차들의 긴 행렬
속에 그의 차도 있었다. 가로수 잎이 무척이나 싱그러웠다. 하늘도
무척 고운 빛깔이었다. ②정문 앞 버스정류장을 지날 무렵, 사람들의
무리를 접했다. 행색이 초라했다.

"상계동에서 온 철거민들이랍니다. 조금 전까지 국회 앞에서 시위
를 벌이다가 이제 막 경찰들에게 강제 해산당한 모양입니다."

①
수식어가 연속될 경우 중요하지 않은
수식어는 생략한다.

②
포유문 대신 단문을 적절히 활용한다.

동승한 비서가 말했다. 그는 차 안에서 고개를 깊이 숙였다. 철거
민들이 그의 얼굴을 알아볼까 두려웠다. 엄청난 아픔이 가슴을 쑤셨

이 어깨를 짓눌렀다. 두려움과 아픔의 끝은 주체할 수 없는 절망감이었다. 버텨내기에는 힘겨운 고통이 뒤를 이었고 다시 가슴을 짓누르는 양심의 가책이 다가왔다. 그 아픔과 고통의 한가운데에서 그는 결론을 내렸다. 며칠 후 여당이 불참하면서 청문회가 파국으로 치닫자, 그는 회의장 자리에 앉은 채로 의원직 사퇴서를 써내려갔다.

"정부가 법을 지키지 않는데 국회가 무슨 소용이고 국회의원이 무엇을 할 수 있겠습니까? 저는 이러한 사태를 국회와 국민에 대한 모욕임은 물론, 그에 그치지 아니하고 의회주의, 즉 민주주의에 대한 정면 도전이라 규정합니다. 그리고 개인적으로 깊은 치욕감을 느낍니다. 물론 사려 깊은 국회의원이라면 이러한 경우라도 참을성 있게 의원의 신분을 유지하면서 주어진 의원의 권한을 최대한 활용하여 민주주의를 지키기 위해 노력해야 한다고 믿습니다. 그러나 현재의 건강 상태는 이러한 수모로, 그로 인한 정신적 고통을 이겨 나갈 만한 상태에 있지 않습니다. 따라서 지금 이 시간에도 온갖 박해를 무릅쓰고 싸우고 있는 대중 투쟁이야말로 의정 활동 못지않게 민주주의의 발전에 기여하는 것이라고 보는 입장에 있습니다."

다. 두려움과 아픔의 끝은 주체할 수 없는 절망이었다. ①버텨내기 힘겨운 고통 위로 가슴을 짓누르는 양심의 가책이 더해졌다. 아픔과 고통의 한가운데에서 그는 결론을 내렸다. 며칠 후 여당이 불참하면서 청문회는 파국으로 치달았다. 그는 회의장 자리에 앉은 채로 의원직 사퇴서를 써내려갔다.

②"정부가 법을 지키지 않는데 국회가 무슨 소용이고 국회의원이 무엇을 할 수 있겠습니까? 저는 이러한 사태를 국회와 국민에 대한 모욕임은 물론, 그에 그치지 아니하고 의회주의, 즉 민주주의에 대한 정면도전이라 규정합니다. 그리고 개인적으로 깊은 치욕감을 느낍니다. 물론 사려 깊은 국회의원이라면 이러한 경우라도 참을성 있게 의원의 신분을 유지하면서 주어진 의원의 권한을 최대한 활용하여 민주주의를 지키기 위해 노력해야 한다고 믿습니다. 그러나 현재의 건강상태는 이러한 수모로, 그로 인한 정신적 고통을 이겨나갈 만한 상태에 있지 않습니다. 따라서 지금 이 시간에도 온갖 박해를 무릅쓰고 싸우고 있는 대중투쟁이야말로 의정활동 못지않게 민주주의의 발전에 기여하는 것이라고 보는 입장에 있습니다."

---

① ─────────────
문장을 최대한 압축시킨다.

② ─────────────
역사적인 자료에 해당하는 글은 원문 그대로를 살린다. 압축하거나 수정하지 않는다.

전례가 없는 일이었다. 초선의원이 그것도 1년 만에 스스로 사직서를 던진다는 것은 충격이었다. 다른 의원실에서 그를 응원하던 나는 그 사퇴서가 실제로 처리되기를 바라는 마음이었다. 그는 국회의원이 아니어도 대한민국을 위해 민주주의를 위해 더 훌륭한 일을 할 것이라는 믿음이었다. 그러나 그의 여린 감성이 의원직 사퇴를 끝까지 감당하기에는 무리였다. 많은 사람들의 압박에 못 이겨 결국 그는 사퇴를 번복했다. 하지만 그것은 분명 또 다른 시작이었다. 기득권이라는 거추장스러운 옷을 끊임없이 벗어던지려는 도전의 시작.

2. 봄 둘, 1990년 3월

1990년 3월. 한반도의 남쪽에는 이미 봄이 와있었다. 3월 3일 오후 3시. 이른바 3·3·3대회가 서면의 구 부산상고 운동장에서 열렸다. 정식 명칭은 '3당야합 규탄 및 민주당 창당 지지 부산시민대회'. 사람들이 제법 모였다. 부산은 3당합당을 통해 민주자유당으로 가버린 전례 없는 일이었다. 초선의원이 그것도 ①당선 1년 만에 스스로 사직서를 던진 것이었다. ②충격이었다. 당시 나는 다른 의원실에 근무하며 그를 응원하기로 했다. 사퇴서가 실제로 처리되기를 바라는 마음도 있었다. 그는 국회의원이 아니어도 대한민국을 위해, 민주주의를 위해, 더 훌륭한 일을 할 것임에 틀림없었다. 하지만 그 또한 여린 감성의 소유자였다. 의원직 사퇴를 끝까지 감당해낼 만큼 자기중심적인 인물은 못되었다. 주변의 많은 사람들이 그를 압박했다. 결국 그는 사퇴를 번복했다. 하지만 그것은 분명 또 하나의 새로운 시작이었다. 기득권이라는 거추장스러운 옷을 끊임없이 벗어던지려는 도전의 시작이었다.

---

① ————————————

자신만이 이해할 수 있는 표현은 없는지 살펴본다. 독자가 이해하기 쉽게 서술한다.

② ————————————

단문과 장문을 적절히 혼용하여 리듬감을 살린다. 단문 위주로 글을 바꾸었다.

2.봄 둘, 1990년 3월, 투사에서 정치인으로

1990년 3월. 한반도의 남쪽이 봄에 물들기 시작할 무렵. 3월 3일 오후 3시. 이른바 3·3·3대회가 부산 서면의 구 부산상고 운동장에서 열렸다. 정식 명칭은 '3당야합 규탄 및 민주당 창당 지지 부산시민대회'. 사람들이 제법 모였다. 부산은 3당합당을 통해 민주자유당으로 김영삼 총재의 아성이었다. 그곳에서 3당합당을 규탄하는 대회를 열었는데 호응이 기대 이상이었다. 행사가 끝난 후에 3당합당에 반대하는 민주당의 주역들은 트럭을 탄 채로 범일동 국제호텔까지 한 시간 가량 행진을 벌였다. 트럭에는 이기택 총재를 비롯해 박찬종, 김광일, 홍사덕, 장기욱, 이철, 김정길 의원 등이 동승했다. 물론 노무현도 그 한가운데에 있었다. 트럭의 사면에는 '속았다! 부산. 함께가자! 민주'라는 포스터가 빼곡하게 붙어있었다. 희망이 보였다. 이 정도의 호응이라면 비호남권에 다시 야당을 재건하는 일도 해낼 수 있을 듯싶었다.

한 달여 전인 1990년 1월 30일, 그는 민자당으로의 신설합당을 의결하는 통일민주당의 전당대회에서 손을 번쩍 들었다.

"이의 있습니다. 반대토론 해야 합니다."

그의 요구는 묵살되었다. 그리고 통일민주당은 그와 김정길 의원

떠나버린 김영삼 총재의 아성이었다. 그 부산의 ①한가운데에서 3당합당을 규탄하는 대회가 열렸다. ②합류를 거부한 의원들과 무소속 명망가들이 중심이 되어 민주당을 창당하는 과정이었다. 부산시민들의 호응은 기대 이상이었다. 행사가 끝난 후 창당 주역들은 트럭에 올랐다. 트럭의 뒤를 따라 범일동 국제호텔까지 한 시간 가량 행진이 이어졌다. 트럭에는 이기택 창당준비위원장을 비롯해 박찬종, 김광일, 홍사덕, 장기욱, 이철, 김정길 의원 등이 동승했다. 노무현 의원도 물론 그 한가운데에 있었다. 트럭의 사면에는 '속았다! 부산. 함께가자! 민주'라는 포스터가 빼곡히 붙어있었다. 희망이 보였다. 이 정도의 호응이라면 비호남권에 야당을 재건하는 일도 충분히 가능할 듯싶었다.

①
'…는데, …' 형식의 복문은 문장이 늘어지는 느낌을 준다. 가급적 끊어준다.

②
과거의 사실을 묘사할 때면, 허용하는 최대한으로 구체적으로 서술한다. 오래전 이야기라 당시 상황을 모르는 독자도 있을 것인 만큼, 배경과 이유를 충분히 설명해야 한다.

한 달여 전인 1990년 1월 30일. ①민주자유당으로의 신설합당을 의결하는 통일민주당의 전당대회에서 ②그는 손을 번쩍 들었다.
"이의 있습니다. 반대토론 해야 합니다."
그의 요구는 묵살되었다. ③그리고 김영삼 총재와 통일민주당은 등 몇몇만 남기고 민주자유당으로 떠났다. 노동자를 위한 투사로 정치권에 입문했던 그의 목표가 크게 수정되는 순간이었다. 그는 3당 합당을 호남을 고립시킨 '반민주적 폭거'로 규정하면서 정치활동의 목표를 근본적으로 수정했다. 그의 정치적 목표는 이제 지역구도 정치의 청산이었다. 이제 정치는 잠시 몸을 담았다가 떠나는 장이 아니었다. 그가 일생을 바쳐야 할 운명의 장이었다.

그해 봄, 그는 동분서주했다. 특히 영남권의 야당을 복원하기 위해 밤낮을 가리지 않고 뛰었다. 문제는 사람이었다. 사람이 있어야 지구당을 세우고 지구당을 세워야 야당의 구조가 만들어질 것이었다. 그러나 만나는 사람들은 이런저런 이유로 손사래를 쳤다.

'마음은 동의하지만, 현실은 어쩔 수 없네요.'

'그래도 이쪽 동네에서는 김영삼 총재와 같이 해야죠.'

이런 식이었다. 사람 구하는 일이 쉽지 않았다. 그런 가운데 다음 해 지방선거가 치러졌다. 기초의회선거와 광역의회의원선거가 잇따

그와 김정길 의원 등 몇몇만을 남겨놓은 채 민주자유당으로 떠나버렸다. ④그의 삶에 커다란 변곡점으로 기록되는 날이었다. 정치의 목표가 바뀌는 순간이었다. 노동자를 위해 싸우는 투사로 정치권에 입문했지만 이제 그가 깨부수어야 할 타깃은 지역구도 정치임이 분명해진 것이다. 정치는 잠시 몸을 담았다 떠나야 할 곳이 더 이상 아니었다. 그가 일생을 바쳐야 할 운명의 장이었다

①
처음 나오는 고유명사는 약칭이 아닌 정식명칭을 쓴다

②
주어와 서술어는 가까운 곳에 위치하도록 수정한다.

③
없어도 좋은 순접 접속사는 생략한다.

④
노무현 대통령에게 3당합당이 어떤 의미였는지를 더욱 분명하게 설명한다.

그해 봄, 그는 동분서주했다. 사람을 찾으러 특히 영남권을 밤낮을 가리지 않고 돌아다녔다. ①사람이 있어야 지구당을 세울 수 있었고, 지구당을 세워야 야당의 뼈대를 만들 수 있었다. 그러나 호응과는 달리 정작 합류를 부탁하면 사람들은 이런저런 이유로 손사래를 쳤다.

"마음은 그쪽이지만, 현실은 어쩔 수가 없네요."

"그래도 이쪽 동네에서는 김영삼 총재와 같이 해야 길이 보이죠."

이런 반응이 대부분이었다. 쉽지 않았다. 그렇게 가까스로 야당의 골격을 갖추어가던 중 이듬해에 지방선거가 치러졌다. 기초의회

라 치러졌다. 민주당은 대패했다. 선택지는 분명해졌다. 김대중 총재가 이끄는 신민당과의 통합이었다. 그는 앞장서 통합을 주장했고, 결국 1991년 9월 야권통합이 이루어졌다.

그는 이제 호남당의 간판으로 부산에서 다시 국회의원에 도전해야 했다. 그리고 1992년 3월 24일 치러진 총선에서 그는 낙선의 고배를 들었다. 이기고 싶었다. 정치를 다부지게 하기로 마음먹은 이상, 반드시 이겨야 했던 선거였다. 그래서 김영삼 총재의 3당합당의 부당성을 만천하에 알려야 했던 선거였다. 4년 전 허삼수에 맞선 노무현 후보를 지원했던 김영삼 총재는 이제 반대 입장이 되었다.

"허삼수는 충직한 군인입니다. 제가 중히 쓰겠습니다."

13대 국회를 풍미했던 청문회 스타, 노무현은 그렇게 정치권의 중심에서 밀려났다. 그의 앞길도 그다지 밝아보이지 않았다. 3당합당 직후인 1990년 3월 3일, 이른바 3·3·3대회 때만 해도 그가 걸어가면 연도의 시민들이 앞다투어 그에게로 와서 손을 내밀곤 했었다. 그러나 이제 그에게 살갑게 다가와 손을 내미는 사람은 없었다. 그저 멀

선거와 광역의회의원선거가 순차적으로 실시되었다. 작은 민주당은 대패했다. ②이제 선택지는 분명해졌다. 달리 방도가 없었다. 김대중 총재가 이끄는 신민당과의 통합이 유일한 대안이었다. 그는 앞장서서 통합을 주장했다. 결국 1991년 9월에 야권통합이 이루어졌다.

---

① 정치권의 사정을 잘 모르는 독자가 있기 때문에 가급적 구체적으로 설명한다.

② 최대한 리듬감을 살린다. 2개의 단문에 1개의 장문을 연결하는 방식이다.

그는 이제 호남당의 간판으로 부산에서 출마해야 했다. 1992년 3월 24일 치러진 총선. 그는 낙선의 고배를 들고 말았다. ①무척이나 이기고 싶은 선거였다. 다부지게 정치를 하기로 마음먹은 이상, 반드시 이겨야 하는 선거였다. 그래서 3당합당의 부당성을 세상 천하에 알려야 하는 선거였다. 4년 전 허삼수 후보와 맞섰을 때 그를 지원했던 김영삼 총재는 이제 반대 입장이 되어 있었다.

"허삼수는 충직한 군인입니다. 제가 중히 쓰겠습니다."

13대 국회를 뒤흔들었던 청문회 스타, 노무현은 그렇게 정치권의 중심에서 밀려났다. 정치적 앞길도 그다지 밝아 보이지 않았다. ② 3·3·3대회 때만 해도 거리를 걸으면 부산시민들이 앞을 다투어 그에게로 다가와 손을 내밀곤 했었다. 하지만 이제 그에게 살가운 손을 내미는 사람은 없었다. 그저 멀리서 바라보기만 할 뿐이었다. 그는 리서 바라보기만 할 뿐이었다. 두 차례의 봄을 거치면서 그는 다시 혼자가 되었다.

3. 봄 셋, 2000년 4월(총선, 노사모)

다시 봄. 그것도 뉴밀레니엄의 첫 봄이었다. 봄은 선거의 계절, 그는 이번 선거에서야말로 이기고 싶었다. 아니, 이번에야말로 충분히 이길 것이라는 확신이 들었다. 그래서 여전히 그의 도전을 '무모하다.'고 표현하는 사람들에게 승리의 브이 자를 그려서 보여주고 싶었다. 정치1번지로 표현되는 종로 선거구를 접고 부산에서 출마하겠다고 선언했을 때의 일이다. 가까운 참모들은 물론 많은 사람들이 그의 선택을 만류했다. 당의 지도부도 의아한 표정을 지었다. 그의 앞에서는 모두 승리의 가능성을 이야기했지만 뒤돌아서서는 '무모한 도전'으로 이야기하는 경우가 대부분이었다. 그는 고개를 갸웃했다.

왜 나를 무모하다고 생각할까? 어쩌면 이것이 진짜 정치 아닌가? 당시 한나라당은 영남권을 순회하는 장외집회를 하면서 극도의 지역갈등을 조장하고 있었다. 그 사람들에게 보란듯이 '정치, 이렇게 하는 겁니다.'를 보여주고 싶었다. 그래서 내린 결론이었고 그래서 선택한 도전이었다. 그러나 언론이나 사람들은 그렇게 평가해주지 않았다시 혼자였다.

①——————————
'선거였다'를 되풀이하여 이 선거의 절박성을 부각시킨다. 길고 짧은 문장을 적절히 활용한다.

②——————————
앞에서 나왔던 설명은 군더더기이므로 최대한 생략한다.

3. 봄 셋, 2000년 4월, 노사모의 탄생

다시 봄. 그것도 뉴밀레니엄의 첫 봄이었다. 언제나 그랬듯 봄은 선거의 계절이었다. 그는 이번 선거에도 도전하고 있었다. 이기고 싶은, 아니 이번에야말로 꼭 이겨야 하는 선거였다. 이기지 못하면 어쩌면 ①12년을 이어온 정치역정을 마무리 지어야 할 것이었다. 두 번은 승리했지만 세 번은 패배한 정치인생이었다. 13대 국회의원 4년은 청문회와 3당합당의 시간이었다. 그 뒤로 6년은 풍찬노숙의 세월이었다. 종로에 출마하여 다시 국회의원이 되기는 했지만 남의 집에 사는 것 같은 불편한 시간들이었다. 그래서 돌아온 부산이었다. 세 차례 낙선할 때와는 환경이 많이 달랐다. 이번에야말로 충분히 이길 것이라는 확신이 있었다. 그래서 그의 도전을 여전히 '무모하다.'고 표현하는 사람들에게 승리의 브이 자를 그려서 보여주고 싶었다.

②"너무 무모한 도전 아닙니까?"

정치1번지로 불리는 종로 선거구를 접고 부산 출마를 선언했을 때의 일이다. 가까운 참모들은 물론 많은 사람들이 그의 선택을 만류했다. 종로 선거구를 원래의 주인에게 돌려줘야 하기 때문이라는 인식이 지배적이었다. 그는 개의치 않았다. 그에게는 부산에서의 당선이 중요했다. 부산은 그의 정치적 고향이었지만 3당합당 이후 연거푸 세 차례의 낙선을 가져다준 곳이었다. 그곳에서 그가 승리하는 것이 지역구도 정치를 해소하는 첫 단추가 될 것이었다. 힘이 들더라도 그것이 꼭 가야 할 길이라면 주저 없이 선택하는 것이 올바른 정치라고 생각했다. 실제로 당선 가능성도 높았다. 그는 집권여당의 부총재였고, 대화와 타협을 모색하는 중진정치인이었다.

다. 청와대도 당 지도부도 의아한 표정이었다. 물론 그 앞에서는 모두 승리의 가능성을 이야기했다. 하지만 뒤돌아서서는 '무모한 도전'으로 이야기하는 경우가 대부분이었다. 그는 고개를 갸웃했다. 왜 나의 도전을 무모하다고 생각하는 것일까? 이것이야말로 진짜 정치가 아닌가?

당시 한나라당은 영남권을 순회하며 장외집회를 열고는 지역갈등을 최대한으로 조장하고 있었다. 그는 그 사람들에게 '정치, 이렇게 하는 겁니다.'를 보란 듯이 보여주고 싶었다. 그래서 내린 결론이었고 그래서 선택한 도전이었다. 안타깝게도 언론이나 정치권은 그렇게 평가해주지 않았다. 선거구를 원래의 주인에게 돌려줘야 하기 때문이라는 해석은 그나마 우호적인 것이었다. 그는 개의치 않았다. 당선만 되면 그 잘못된 해석과 평가를 모두 바로잡을 수 있을 것이었다. 그의 승리는 자신의 정치역정에서도 큰 분수령이 되겠지만 지역구도의 뿌리가 깊은 한국정치에서도 변화의 첫 단추가 될 것이었다. 힘들더라도 반드시 가야 할 길이라면 주저 없이 선택하는 것이 그의 정치였다. 당선 가능성도 그 어느 때보다 높았다. 그는 집권여당의 부총재였고, 대화와 타협을 모색하는 중진정치인이었다.

① ————————————
막연히 서술하기보다는 '12년', '4년', '6년' 등 정확한 숫자를 활용하여 이야기의 입체성을 높인다. 전기나 평전의 경우 끊임없이 주인공의 입장에서 생각하면서 서술을 다듬는다.

② ————————————
주위 사람의 의견이나 생각을 가끔은 대화체로 표현해 선명하게 부각시킨다.

다른 선거 때와 달리 그는 지역사업도 챙겼다. 원래 중앙정치 무대에서의 지명도가 높은 터라 그 전에는 선거구 일을 많이 챙기지 못했다. 줄곧 야당 정치인이었기에 더욱 그러했다. 이번에는 달랐다. 여당이라 지역발전을 위해 일조할 수 있는 일도 많았다. 많은 지역 민원도 차근차근 차례차례 해결했다. 부산으로 다시 돌아올 때 '되겠나?'하던 분위기가 어느새 바뀌어 있었다. '이번에는 되겠네!'였다. 그도 승산이 충분하다고 판단했다. 그의 도전은 대한민국의 주목하는 선거가 되어 있었다.

그런데 결과는 또다시 낙선이었다. 선거일을 며칠 앞둔 시점에 있었던 남북정상회담 발표가 역풍을 불러일으킨 것인지 알 수 없었다. 그는 그 소식을 접했을 때 말했다.

"민족에게는 복음인데, (내 선거의 유불리를 따질 일이 아니다.)

다른 선거 때와 달리 지역사업도 많이 챙겼다. ①선거구는 넓었지만 시간은 부족했다. 원래 선거구를 뛰어다니며 챙기기보다는 중앙 정치 무대에서 활동하는 정치인이었다. 그래서 지역구 사업을 챙기는 일은 상대적으로 소홀했었다. 줄곧 야당 정치인이었기에 더욱 그럴 수밖에 없기도 했다. 하지만 이번에는 달랐다. 집권여당이다 보니 지역을 발전시키기 위해 할 수 있는 일도 무척 많았다. 산더미 같은 지역민원도 차근차근 차례차례 해결했다. ②부산으로 다시 돌아올 때 '되겠나?'하던 분위기가 어느새 '이번에는 되겠네!'로 바뀌어 있었다. 그도 승산이 충분하다고 판단했다. ③2000년 4월 13일 부산 북 강서을구의 선거에 대한민국이 주목했다.

① ──────────────
가끔은 적절하게 대구 문장을 활용한
다.

② ──────────────
상상력을 동원하여 모습이 눈앞에 그려
질 수 있도록 서술한다.

③ ──────────────
상황을 정리하는 문장은 더욱 구체적으
로 표현한다.

결과는 또다시 낙선이었다. 정부는 선거일을 며칠 앞두고 6월 남북정상회담 일정을 발표했다. 그것이 역풍을 불러일으킨 것인지 알 수 없었다. 선거 막바지에 그 소식을 접했을 때 그는 말했다.

"민족에게는 복음인데, 내 선거의 유불리는 중요하지 않다."

그는 지역구도 정치의 벽 앞에서 다시금 주저앉고 말았다.

선거에서 패배하던 날, 그는 링컨을 읽었다. 원칙과 소신으로, 그리고 통합을 이야기하면서 승리한 역사가 거기에 있었다. 그는 '어찌 농부가 밭을 탓하겠습니까?'라는 한마디로 낙선의 소회를 대신했다. 다시 정치를 해야 하는 것인지 기로에 서게된 그 시점에, 새로운 씨앗 하나가 잉태했다. 이제까지 전혀 볼 수 없었던 새로운 문화, 이제까지와는 전혀 다른 새로운 흐름의 팬클럽이 태동했다. 노무현을 사랑하는 사람들의 모임. 한국정치의 역사를 바꾼 노사모는 그렇게 뉴밀레니엄의 첫 봄에 세상에 모습을 드러냈다.

✳ ────────────────

대화를 소개하는 것으로 끝내는 것이 더 깊
은 여운을 줄 수 있다. 다시 설명을 붙이면
군더더기가 될 소지가 있다.

　　선거에서 패배하던 날 밤, 그는 링컨을 읽었다. ①링컨은 원칙과
소신으로, 그리고 통합을 이야기하면서도 승리한 역사였다. 그는 '어
찌 농부가 밭을 탓하겠습니까?'라는 한마디로 낙선의 소회를 대신했
다. ②정치를 다시 해야 하는 것인지 기로에 서게 된 그 절박한 시점
에, 새로운 씨앗 하나가 잉태했다. 이제까지 전혀 볼 수 없었던 새로
운 문화로 무장하고, 이제까지와는 ③전혀 다른 형식으로 정치인을
응원하는 팬클럽이 탄생했다. '노무현을 사랑하는 사람들의 모임'. 한
국정치의 역사를 바꾼 노사모는 그렇게 뉴밀레니엄의 첫 봄에 세상
에 모습을 드러냈다.

① ───────────────
긴 주어가 부담스러워 문장의 구조를
바꾸었다.

② ───────────────
'다시' 등 부사의 위치를 마지막까지 점
검해본다.

③ ───────────────
'새로운 흐름'이라고 막연히 쓰지 말고
'전혀 다른 형식으로 정치인을 응원한
다.'고 구체적으로 묘사한다.

에필로그

좋은 문장으로 다듬는 과정, 나와 세상을 바꾸는 여정

《대통령의 말하기》를 출간한 지도 삼 년이 다 되어간다. 대통령 노무현의 말하기 노하우를 정리한 책이었다. 뜻밖에도 많은 독자들이 읽어주셨다. 말하기 노하우에 대한 궁금증도 있었겠지만 노무현의 말에 대한 그리움도 그 배경의 하나였을 것으로 생각한다.

정치인으로서, 또 대통령으로서 그는 특별한 말을 다양하게 남겼다. 그렇게 '말하는 대통령'이었지만 그의 지향은 '좋은 글쓰기'에 있었다. 대통령 재임 중에도 또 퇴임한 이후에도 그는 자신의 생각을 글로 쓰고 다듬는 데 많은 공력을 들였다. 말은 일회적이지만 글은 상대적으로 숨이 길다는 생각 때문이었을 것이다. 보다 많은 사람을 설득하는 데에는 글이 더 효율적이라는 판단이었을 것이다.

정보통신기술이 발전하고 SNS가 활발해지면서 말과 글의 경계도 엷어지고 있다. 이제는 말도 각종 동영상을 통해 기록으로 남고 있다. 사람을 설득하고 그래서 세상을 바꾸는 역할을 놓고 본다면 이제 말과 글은 그 차이가 전혀 없을 듯싶다.

그렇다고 해서 글의 역할이 상대적으로 줄어든 것은 전혀 아니다. 여전히 사람들은 잘 다듬어진 한 문장에 감동을 받는다. 가슴을 후비는 한 줄에 눈시울을 적시기도 하고, 멋들어진 하나의 대구에 감탄하기도 한다. 때로는 한 편의 글이 어떤 사람의 인생을 바꾸기도 한다. 자신을 표현하고 사람을 설득하는 글쓰기는 소통의 시대를 맞아 더욱 그 중요성이 부각되고 있다.

자신을 단련하듯이 문장을 다듬어보자. 세상을 바꿔나가듯이 글을 고쳐보자. 좋은 문장을 만들기 위해 쓰고 다듬는 과정은 결국 '나와 세상을 바꾸는 여정'에 다름 아니라고 생각한다. 부족한 글을 끝까지 읽어주신 독자 여러분께 머리 숙여 감사드린다.

윤태영의 좋은 문장론

초판 1쇄 발행 2019년 5월 17일 초판 3쇄 발행 2019년 7월 5일

지은이 윤태영
펴낸이 연준혁

출판 1본부 이사 배민수
출판 2분사 분사장 박경순
책임편집 박지혜
디자인 this-cover.com

펴낸곳 (주)위즈덤하우스 미디어그룹 출판등록 2000년 5월 23일 제13-1071호
주소 경기도 고양시 일산동구 정발산로 43-20 센트럴프라자 6층
전화 031)936-4000 팩스 031)903-3893 홈페이지 www.wisdomhouse.co.kr

값 16,000원
ISBN 979-11-90065-62-7 03800

이 도서의 국립중앙도서관 출판예정도서목록(CIP)은 서지정보유통지원시스템 홈페이지(http://seoji.nl.go.kr)와 국가자료종합목록시스템(http://www.nl.go.kr/kolisnet)에서 이용하실 수 있습니다. (CIP제어번호 : CIP2019017092)